Penitence

Bertil Kleine

Penitence

Del 1

1990

Bilen stod inkörd under ett hasselsnår en bit ifrån länsvägen. Att den hade stått där ett tag kunde vem som helst se. Dels för att det vuxit upp gräs över dörrarna, dels på grund av löven som täckte delar av karossen. Polisassistent Birger Hansson, lång och blond, med kollegan Lars Alfredsson, kort och mörkhårig, gjorde samma slutledning.

»Den här, är nog långtidsparkerad,« sa Alfredsson, flinade och gjorde en svepande gest mot löven för att förtydliga sitt resonemang. De var ett rätt omaka par. Det var bara uniformerna som var lika. Hansson, livlig, humoristisk med en glimt i ögonen, ständigt i rörelse och snabbtänkt. Alfredsson lite sävlig med rondör och en begynnande flint som han förgäves försökte dölja med kammens hjälp. Ändå trivdes de ihop som arbetskamrater men de umgicks inte privat.

»Jag är benägen att hålla med,« sa Hansson, som hade gått fram och tagit tag i bagageluckan som inte gick att öppna trots ihärdiga försök. Dörrarna var öppna och där med inget som var intressant just då, i alla fall tyckte inte Hansson det. Bilen var av sen modell och utan yttre påverkan, förutom att registreringsskyltar saknades. Att de över huvud taget hamnat där de nu befann sig var en av de många slumpar som gjorde skillnad i livet. De hade varit på vanligt uppdrag. Det vill säga en rutinrunda i länet. Kontroll av trafik, fordon, bevakning och preventiv verksamhet. »Synas, se och hjälpa», som nu kommissarie Hult brukade sammanfatta det. I ett skede hade Alfredsson känt ett behov av att lätta blåsan och därför hade man parkerat bilen helt hastigt, vid vägkanten, nära ett större buskage av hassel som såg ut att kunna dölja det som komma skulle. Han ropade till sin kollega att hämta material för dokumentation. Det rörde sig om ett kit med en kamera och en del andra artiklar som var användbara i sammanhanget. Det hanns nu inte med. Alfredsson kom kutande med ett triumferande leende.

»Det här ska du fanimej se,« hojtade han och höll upp en nyckelknippa i luften. Den satt i tändningslåset på bilen som vid närmare påseende visade sig vara en BMW. Med nyckeln beredd gick Alfredsson mot förarsidan. Hansson, som var den mer erfarne av de två, nappade åt sig nyckeln i en hastig manöver och kröp in på förarplatsen och satte nyckeln i tändningslåset. En vag antydan till protest gick honom omärkt förbi.

»Ja, nu ska vi se om det finns något liv«....

...»efter jul,« fyllde Alfredsson i.

»Det är väl ingen gris,« muttrade Hansson och vred om nyckeln. Inget hände. Tomt batteri!

»Som väntat,« sa Hansson. »Återstår bagageluckan. Sen åker vi. Det börjar bli kallt,« tillade han och grimaserade åt sin frusna tår som han då och då vickade på för att de inte skulle dö. Alfredsson böjde sig ner, tänjde ut sig och drog med van hand nycklarna ur tändningslåset. Hansson flinade lite och kröp långsamt ut ur den obekväma ställningen. Låset till bagageluckan krånglade först, men efter lite lirkande fick Alfredson upp det. Bagageutrymmet såg ut att vara tomt. Dessutom var det prydligt, och de få föremål som fanns verkade ligga på sin plats. Alfredsson var på väg att stänga luckan, men hejdades av Hansson som på något mystiskt sätt fick en föraning om att något var fel.

»En sån här ordning har vi inte ens i vår bil,« sa han och tittade på sin kollega. »Ordning?«, sa Alfredsson och pekade.

»Det finns ju inget här!

»Precis!« Och det som finns ser ut som det gjorde när bilen levererades för några år sedan. Oanvänt, nytt och städat mycket noggrant, skulle jag vilja säga.«

»Ja, ja men nu åker vi,« sa Alfredsson och var på väg att stänga luckan för andra gången, men blev återigen hejdad av Hansson som började dra ut gummimattan och varningstriangeln på samma gång.

»Men nu får du la ge dig,« sa Alfredsson, som en gång i ungdomen bott i Göteborg. Hansson lyfte ut reservdäcket och tittade på kollegan.

»Strax klar!« Han och böjde sig fram för att inspektera ordningen på närmare håll. Han trevade runt i utrymmet där däcket stått , men Alfredsson var redan på väg mot värmen i polisbilen. Det gick någon minut under tystnad.

»Du får ringa Hult,« ropade Hansson och gick med snabba steg mot polisbilen, där Alfredsson inte hört något utan startat motorn för att få upp värmen. Hansson öppnade dörren och höll ut handen mot kollegan som tittade upp.

»Titta!,« sa han och öppnade handen som visade en tand, en molar såg det ut som.

»Är det inte konstigt att nyckeln satt i,« sa han medan kollegan betraktade fyndet. »Mystifikt faktiskt,« sa Alfredsson och betraktade tanden på närmare håll.

»Jag menar nyckeln. Att den satt kvar i tändningslåset.« Alfredsson greppade mikrofonen.

»Det är en lagning här. Ser ut som guld,« sa Hansson och höll fram tanden framför sin partner. »Den verkar komma från en människa, tanden alltså, förtydligade han.« Det dröjde ett tag innan de fick kontakt med vakthavande som var Mona och det dröjde ytterligare någon timme innan de fick sällskap av en bärgare och kommisarie Hult som anlände i en civil bil. Efter att berättat sin historia och överlämnat tanden kunde de så småningom bege sig hem för att skriva rapport. Det snöade lätt men bägge två var trötta och ointresserade av de glesa flingorna som syntes i strålkastarnas sken. Den första snön brukade annars ge upphov till en och annan kommentar. Klockan var 23.03 och det var söndag.

Hansson bodde lite avsides från staden och egentligen trivdes han bra där i huset som också hade en mindre trädgård, som han då och då, under våren, försökte förändra till något bättre. Skiftarbetet gjorde emellertid sitt för att störa hans planer. Han var ofta trött och stugan tom, när han kom hem. Det hade inte alltid varit så. En gång i tiden hade han en familj, en fru och en dotter. Elin hade försvunnit med en mäklare för många år sedan och dottern såg han bara sporadiskt. Han ringde i alla fall varje helg för att höra hur hon mådde och hur det gick med studierna.

»Men pappa du ringde ju igår,« sa Lena och skrattade. Du börjar väl inte bli gaggig?« Nej, gaggig var han inte men han saknade henne.

»Om det kärvar till sig vet du var jag finns. Plats finns det. Ditt rum är kvar.« Sedan avslutades samtalet och han gick iväg och satte på kaffepannan. Men den här kvällen var han inte trött. Snarare upplivad och med ett samvete som gnagde. Han hade nämligen gjort ett fynd i bilen som han inte hade redovisat för kollegan. Han var trots allt polis och nu hade han passerat en gräns. Varför, tänkte han? men fick inget svar. Under gummimattan låg en klocka. En Rolex i guld. Nu låg den framför honom på bordet och i ljuset från taklampan gnistrade ljuva reflexer längs väggarna. Hansson log, trots att klockan inte verkade fungera. I hörnskåpet stod en halvfull flaska Jameson. Det var dags att fira. Han fyllde ett glas till brädden och skulle precis ta en klunk när telefonen ringde. Han tappade glaset, svor, trasslade in sig i stolen och var nära att ramla. Jävlar! »Hult här! ursäkta att det är så sent, men vi har fått problem eller rättare sagt, vi är en man kort imorgon och jag vet att du är ledig« ...tystnad.

»Ingen fara, jag ordnar det.«

»Stort tack då,« sa Hult och lade på luren. Klockan såg än bättre ut ju senare kvällen led.

Palermo september 1989/2

Don Stacci hade problem. Ett brev låg framför honom på nattduks-bordet, Det fanns ingen text, bara en bild på en fisk. Han tyckte det såg ut som en multe. Som affärsman fick han ofta brev men det här var inte av den vanliga sorten och han var helt på det klara med budskapet. Ett konto i Schweiz var förmodligen orsaken till det hela. Verksamheten hade expanderat de sista åren. Han var inte helt ensam om förtjänsten men någon ville ha mer. Så enkelt var det. Han hade nyss fyllt 71 och hälsan var det lite si och så med. Don var av medellängd, rätt satt, med en antydan till mage, grått hår och mustasch. En infarkt för ganska exakt en månad sedan hade upplyst honom att livet en dag skulle ta slut. Döden skrämde honom inte. Den kunde ibland vara en befriare. Många hade han följt på sista resan och de flesta hade tyckt tvärtom. Gråtit, kräkts, gjort på sig. Det var inte värdigt. Han kände ingen oro för sin egen framtida död. Oron fanns där, endast för sonen Leonardo och hans framtid. Han hade aldrig varit intresserad av faderns liv och affärer. I själva verket misstänkte Don att Leonardo inte gillade hans sysselsättning. Bortskämd? Där hade han sig själv att skylla. Han såg sig som en affärsman och dessutom en som fick saker och ting gjorda på ett snabbt men kanske inte alltid helt lagligt sätt.

Leonardo var för närvarande upptagen med annat. Han satt i en bekväm fåtölj på Hotel Grand's altan med en öl på bordet. En vänlig sol strålade ner på terrassen och omgivningarna. Det var inte så mycket folk på stranden nedanför, så det var skönt att sitta där i lugn och ro utan att bli störd. Han läste en tidning och smuttade då och då på ölen. För en utomstående gjorde han kanske inte något större intryck. Medellång, brunt hår som var naturligt slingat, stålbågade glasögon, varken tjock eller smal. Ett lätt melankoliskt drag kanske, en man som inte såg särskilt sydländsk ut, vilket han var väl medveten om. Mamma Gina var från norditalien och det hade satt sina spår. Plötsligt kom en badboll flygande från ingenstans och efter den en blond kvinna med rufsigt hår.

»Scusa,« sa hon och plockade upp bollen, som hade vält hans ölglas. Han tittade upp och nickade.

»Du är väl inte italienska,« sa han på engelska och försökte sig på ett leende.

»No I'm Swedish,« sa hon och log tillbaka.

»Leonardo,« sa han och sträckte fram handen.

»Lena, hon och tryckte hans hand. »I must buy you a new beer,« sa hon och vinkade mot en ledig kypare. Han reste sig och drog ut stolen bredvid sin. »Holiday?«, han tittade mer ingående på henne när hon satte sig. Lena var medellång som han, lite kurvig, ett öppet ansikte med smilgropar. Hon såg trevlig ut, tyckte han och när ölen kom in passade han på att beställa in en limoncello till henne.

»Yes, I'm here for the sun, just a couple of weeks in your lovely country. What do you know about Sweden then?«

Han skålade och log...«Abba,« föreslog han. Hon nickade, log och kände sig plötsligt stolt över att vara svenska. Musiken förenade, förbrödrade och det blev lätt att prata. Trots språken. De hade en del gemensamt. Skilsmässobarn med fadern som vårdnadstagare och de var i ungefär samma ålder. Studerade på universitet. De hade framtiden för sig, nyfikenheten och lusten att leva. Lena hade fått en limoncello, en drink hon inte var bekant med, men hon tyckte den smakade Italien och kom att tänka på visan från skolan »där små citroner gula.« Hon nynnade tyst och han tittade upp. Hon förklarade och han log och tittade allvarligt på henne en stund, sedan reste han sig upp och frågade om hon ville äta lunch med honom imorgon. Hon tyckte att han rodnade lite men hon tackade ja. Det kanske gick lite väl fort men någon gång får man väl våga lite, tänkte hon. Han var tvungen att gå nu. Det var något om att han skulle äta lunch med sin pappa.

»Jag hade gärna suttit kvar, men löften måste hållas.«

»Så klart, höll hon med. Ska vi träffas här då, eller?« Han nickade och tittade på klockan.

»Samma tid som idag?«

»Ja,« sa hon, samtidigt som mobilen ringde.

»Hur är det med dig Lena?« Hennes pappa lät ovanligt glad, så de pratade på men hon såg att han skruvade på sig och avslutade samtalet...«Min pappa«, sa hon och tittade upp.

»Aha ok«. Hon reste sig och vinkade, lite fånigt tyckte hon själv när han började gå för att lämna restaurangen. Det blev så tyst plötsligt och hon satt i egna tankar, när en kypare närmade sig bordet. »Önskas något mer?« sa han och plockade förstrött bland glasen. »Nej tack.« Han skrev i ett block, sedan placerade han notan på bordet och avlägsnade sig.

Don Stacci tittade på klockan när han kom in i matsalen. »Du är sen,« muttrade han.

»Jo, ursäkta men jag träffade en trevlig kvinna som jag ska bjuda på lunch imorgon. Hon är svenska, blond förstås,« tillade han och sken upp. »Hon är trevlig. Vi kunde pratat i timmar. Det kändes åtminstone så.« I samma ögonblick kom Fabiola, hushållerska, kokerska och allt i allo, in med en bricka fullastad med dagens lunch. Hans pappa fixerade sonen ett ögonblick.

»Nåja, för den här gången då men du vet vad jag tycker om att hålla tider?« Han nickade lätt. Lunchen som serverades avnjöts under tystnad sedan Fabiola avlägnat sig. Don funderade på brevet eller varningen han fått och Leonardo funderade på om han skulle köpa med sig en blomma. »Så var ska du träffa denna underbara skapelse?« sa Don och försökte sig på ett leende. Ansiktsmusklerna stramade, så det blev mest en grimas. »Hotel Grand«...

»Ja, det är ett trevligt ställe men inte så billigt dock. Om du behöver medel så vet du att det finns?« Don och rörde handen mot innerfickan. »Tack pappa, det vore kanske bra«.

Plötsligt kom han på att han lämnat Lena med notan. »Jävlar,« han reste sig hastigt. »Vad är det nu då? Jag lämnade henne med notan,« sa han olyckligt.«Vilken gentleman,« skrattade Don och drog fram några sedlar av högre valör.

December 1990/3

Vintern hade gjort entre´ och plogbilarna gjorde sitt bästa för att hålla vägarna körbara. Snön yrde, himlen var gråblå. På polisstationen hade polisaspirant Mona julpyntat. Hansson hittade tomtar lite här och där och Alfredsson fann sin dator smyckad med julgransglitter. Hansson satt vid skrivbordet och pekfingerskrev en rapport om en saknad moped. Vem fan, är ute och kör moppe i sånt här väder? tänkte han och kikade ut på snöbyarna som virvlade utanför fönstret. Mona som var ny, ambitiös och nyss inflyttad i samhället tittade in genom hans dörr med en påse i handen.

»Har du fikat?« Hon höll upp påsen med lussebullar. »Bakat igår,« sa hon och öppnade påsen med en menande gest.

»Tackar,« sa han och tog en bulle som han lade på sitt skrivbord.

»Kaffet då?« fortsatte han lite lurigt »Ja, det får du gärna sätta på,« sa hon, flinade och fortsatte in till Alfredsson. När hon kom in stängde han en låda i skrivbordet och såg på något sätt skyldig ut men det förbigick henne. I lådan låg en kolorerad så kallad herrtidning.

»Och du trivs bra här på landet,« sa han och rättade till slipsen. Nej, men se lussebullar, jag skulle precis sätta på kaffet. Du är toppen Mona.«Han reste sig och gick bort till pentryt med bryggaren. Kommisarie Hult satt vid kaffebordet och tittade upp när han kom in. I handen hade han en dokumentmapp som han då och då bläddrade i.

»BMW:n?« sa Hansson frågande. Hult nickade. Det fanns plats för fyra vid bordet och när kaffet var klart var alla där.

»Goda bullar,« sa Alfredsson. På konsum tar dom 6 kr styck och något torrare får man leta efter.« Hult drog fram ett papper ur mappen.

»Jaha, Krim meddelar att bilen eventuellt kommer från utlandet. De fann en dekal på italienska i övrigt hittade man inget intressant. Tanden tillhörde en man i 30- 40 årsåldern. Dna gav ingen träff. Hursomhelst, det är inte vårt bord längre.«

»Gav inte chassinumret någon ledtråd då,« sa Mona.

»Bortslipat,« sa Hult. »Tullen då,« sa Alfredsson?

»Tullen, suckade Hult. De har inte hörts av. Å andra sidan vet jag inte om de är tillfrågade överhuvudtaget. Kan vara något. Ska höra efter i alla fall. Den kanske har fastnat på någon övervakningskamera eller liknande. Krim tar hand om det här nu som tur är. Vi slipper och det tycker jag är alldeles utmärkt. Vi har annat att göra.«

»Hallå! Någon här?« En arg före detta mopedägare kommer in på stationen. Hansson möter upp och förklarar att inget nytt inkommit angående den försvunna mopeden. Det är väl inte riktigt mopedväder i alla fall, tänker han när Ture, som mannen heter tar av sig mössan och harklar sig.

»Den stod på baksidan under en presenning. Jag skottade snö och den var nästan ny, för djävligt helt enkelt. Antagligen några ligister, fortsatte han. Och just nu till julen. Just en fin julklapp va?«

»Ja, vi får se om vi får något tips. Det har faktiskt hänt. Då hör vi förstås av oss. Ring ditt försäkringsbolag så länge.«

»Har jag gjort, men fan, den stod utomhus. Den skulle stått i garaget men där är det fullt, så det finns inte plats.« Han tar på sig mössan, drar några svordomar och går ut i snöyran. Hansson återvänder till kaffet och kollegorna.

Palermo 1989 september/4

Hon kom först. Satte sig vid samma bord. Den värsta hettan hade lagt sig, så hon var glad att hon hade bytt shortsen mot en röd enkel klänning. Hon hade köpt den innan hon reste hemifrån på rea. Den var kort, men inte för kort. Den kanske satt väl tight över stussen men det märks nog inte övertalade hon sig själv. Lite läppstift, annars var hon sparsam med sminket, trivdes bäst med det naturliga. Hon såg honom på långt håll, han hade blå jeans och vit skjorta uppknäppt i halsen och i ena handen en liten påse.

»Oj,oj! Du måste förlåta att jag lämnade dig med notan sist. Det var inte alls meningen. Fick så bråttom till lunchen.«

»Inga problem,« skrattade hon...

De kramade om varandra på sydländskt sätt med kindpussar i luften.

»Hur gick lunchen, kom du i tid?« »Nja, jag var lite sen men det gick bra. Pappa gillar mig starkt förstår du, så han har svårt att bli arg på mig även om det finns skäl. Vilken fin klänning du har. Den klär dig verkligen,« sa han och försökte undvika blickar mot dekolletaget.

»Den är inte så märkvärdig,« sa hon blygsamt och tog en meny efter att de satt sig. »Är du hungrig?«

»Ja det ska bli gott med mat,« hon granskade menyn, som även hade en engelsk översättning.

»Beställ vad du vill. Jag fick ett bidrag av pappa, när han hörde vilken trevlig svenska jag träffat.«

»Du får du välja, sa hon. Jag är inte vegetarian, så du vet.«

»Okay! Då föreslår jag följande: Genomgående Champagne och sedan...

Su Leggero Pesto Alla Trapanese Gamberi E Rossi, som förrätt och sedan *Contro Di Filetto Agnello,* som varmrätt.« Översättning står under som du ser.

Dessert kan vi bestämma senare, eller?«

»Mhh, ja visst,« men jag brukar inte äta så mycket. Försöker hålla vikten nere.

»Du är fin som du är.« Han log lite generat.

Måltiden skulle hon sent glömma, av fler orsaker. För det första var maten sagolik, förrätten med räkor fantastisk och lammfilen var nog det godaste hon någonsin ätit.

Sedan öppnade han den lilla påsen som hade legat på bordet under tiden. Han plockade fram en Rolexklocka i guld och hyssjade, när han sträckte fram den mot henne.

»Den är trasig, sa han men jag vill så gärna att du tar emot den. Se den som ett minne, från din resa, hit till Palermo. Min är hel, men det är samma modell som du ser,« sa han och drog upp vänster skjortärm en smula. Jo, hon såg att de var identiska.

»Du är för snäll, sa hon men jag kan omöjligt ta emot en sådan present. Det förstår du väl? Vi känner ju knappt varandra.«

»För det första, är klockan trasig och för det andra, så noterade jag att du inte har någon klocka och för det tredje är jag italienare i en familj där det dräller av klockor. Min pappa är samlare, sedan länge. Det var faktiskt hans ide'och nu vill jag inte höra fler protester. Idag, efter lunchen, måste jag åka till Rom där jag har några tentor att klara av. Jag skulle egentligen åkt samma dag som vi träffades men det kändes så rätt att stanna. Snälla, snälla, ta den, då har jag något trevlig att tänka på under resan.« Hon skulle precis tacka nej definitivt, när en äldre man närmade sig deras bord.

Fabiola hade arbetat hos Staccis många år. Efter skilsmässan reste Gina, hans fru, tillbaka till sin hemstad Varese, utan sin son. Det var Don som bestämde villkoren och ja, han var lite av en macho man, men väl behandlad blev Fabiola, kanske bättre än många andra hembiträden i staden. I vetskap om detta gjorde hon sitt bästa i det vardagliga. Nyligen hade hon fått lite påökt efter att gå med på att klippa sitt hår. Anledning?. Orsaken var nog en pasta som serverats. I den hittade Don ett hårstrå som mycket väl kunde tillhöra henne. Det visade sig att hon passade utmärkt i kort hår, och Don log. »Cia bella, dig har jag inte sett förut,« skämtade han, när hon kom från frissan. På sista tiden hade han emellertid inte varit lika trevlig. Han visade en ny dyster sida för henne som var mindre trevlig. Det resulterade i att hon blev osäker och nervös. Häromdagen packade han resväskan under tystnad. När han fick syn på henne, sa han att hon kunde ta lite ledigt. Han skulle resa. Hon nickade. Det var inte så ovanligt att han reste bort. Hon visste att han ibland åkte till Varese. Kanske för att prata med sin fd fru.

»Du kan ta några dagar ledigt. Leonardo åker till universitetet för att tenta så du blir ensam.« Hon knixade lite och nickade. Lite senare stängdes ytterdörren och hon satte sig i hans fåtölj i biblioteket, hämtade en flaska rödvin och hällde upp ett glas. Fabiola blev sittande länge med sina tankar. Hon hade en gång varit intresserad av honom, men förstått att de aldrig skulle bli ett par. Hon log åt minnet och flyttade till soffan där hon drog en pläd över sig. Det var svalt i rummet. Hon slumrade till, vaknade lite senare tung i huvudet. Rödvinet? Gick och borstade tänderna. Smög in till hans sovrum och kröp ner under täcket. Snusade lite på kudden efter hans kvardröjande doft. Aj, aj, fy dig, fnissade hon tyst och drog upp täcket över näsan.

Ingen visste var han fått sitt namn ifrån, allra minst han själv. Förmodligen fanns det en likhet mellan honom och en orm, men den såg inte han, i alla fall. En orm fanns i alla fall tatuerad på vänster arm, från axeln ner till handen. Det var nog förklaringen. Guido Greco var hans dopnamn. Uppvuxen i Palermo under förhållanden som idag skulle leda till en mängd orosanmälningar. När han var sex år bevittnade han sitt första mord. Ett bråk mellan föräldrarna urartade och slutade med att hans mamma låg i en blodpöl på köksgolvet. Minnet hade bleknat men han skulle aldrig glömma, trots att han försökte. Då och där gav han sig själv ett löfte. Han skulle aldrig skada en kvinna. Med en pappa i fängelse och en uppväxt hos diverse släktingar var hans framtid utstakad. Han hittade snart en ny familj. Maffian! Där hade man nytta av människor i alla kategorier, hög som låg, alla passade in. Från små leveranser, till inbrott, utpressning, våld och mord. Det sistnämnda blev hans specialitet. Han blev ofta anlitad och misslyckades sällan. Han hade ett rykte om sig, som höll sig genom åren. Om »familjen« hade problem, tog man kontakt med »Bossen«. Ett telefonsamtal dit var allt som behövdes. Serpento fick ordern för någon dag sedan. Han lämnade lägenheten. I källarförrådet, hämtade han det som behövdes. Han gick till ett cafe där han slog sig ner med en latte för att invänta mörkret. Uppdraget han fått klassificerade han som en 2:a i svårighetsgrad, där 10 står för det näst intill omöjliga. Han hyste med andra ord tillförsikt. Jobbet skulle vara gjort på någon timme. Det var dessutom möjligt att han skulle få en bonus då det gällde ett prio 1 objekt. Ett lätt jobb. Han hade gjort det så många gånger. Något kändes ändå fel. Han visste bara inte orsaken? Vad var det som störde? Han beställde en whisky och tände en ny cigarett. Det var något som inte stämde och han blev inte på det klara med var det var. Bilderna kom tillbaka...hans mamma i en blodpöl. Vem var hon? Så underligt. Han mindes ett gosedjur och hennes famn när han var ledsen. Eller var det bara fantasier? Han fimpade cigaretten, förträngde tankarna. Bara ett jobb. Han måste gå nu. Han var beredd. Log lite snett åt sina funderingar. Det var glest med folk. Han vandrade långsamt mot adressen. De han mötte var på väg hem eller bort. Ingen såg honom. Han önskade på något sätt att någon sett honom. Han mådde inte bra. Whiskyn? Det var underligt men han gick vidare tills han såg huset. Han stannade utanför och kräktes. Reste sig upp, torkade munnen. »Helvete, vad fan händer?« Han öppnade väskan och tog fram dyrken och en pistol med ljuddämpare. Så stod han där i natten. Lite vilsen fast ändå plötsligt klar. Det var inte svårt att ta sig in. Så tyst. Mörkt. Inget ljud, bara mörker. I strumplästen. Sovrummet nersläckt. Han ligger i sängen. Bara håret sticker upp. Tre steg. Pistolen är nära huvudet. Tre gånger smäller det. Inte så högt men det ekar i hans huvud. Lämna, gå nu, spring inte. Utanför är natten en vän. Han försvinner i mörkret.

DON STACCI/7

Lena gjorde Leonardo uppmärksam på mannen som närmade sig. Han reste sig och gav mannen en hastig kram.

»Får jag presentera min far,« Don Stefano Stacci. De pratade sinsemellan en stund, ganska hetsigt, tyckte hon innan han vände sig och log mot henne.

»Trevligt att träffas. Tyvärr så är jag på väg till min fd fru, så jag hinner inte stanna. Stress, stress hela tiden. Upplever ni ungdomar det också, eller är det bara något för gamlingar?« Hon hann inte svara för i nästa ögonblick kramade han om sin son och sa arrivederci. För att vara så gammal rörde han sig snabbt, tyckte hon, men det var något underligt med gången?

»Har din pappa problem med benen?« sa hon när han avlägsnat sig. Leonardo stod tankfull. Svarade inte på hennes fråga men sa rakt ut i luften;

»Det var något konstigt med honom. Han åker väldigt sällan till Varese.« Leonardo vänder sig mot henne och ser fundersam ut. Harklar sig.

»Jo, hans ena ben är kortare än det andra, så han har ett ilägg i skon, det är svårt att gå naturligt då.« Hon nickade. De satt sig vid bordet igen och han frågade om hon ville ha en limoncello, vilket hon tackade ja till. Sedan bytte de telefonnummer och pratade om allt mellan himmel och jord. När hon frågade vad hans pappa arbetade med blev han tyst en stund.

»Italien är land med utbredd korrumption. Den drabbar många och förgiftar tillvaron för oss. Jag önskar att det inte var så, men tyvärr har den drabbat vår familj också.« »Menar du maffian?« sa hon.

»Ja, något åt det hållet.« De tystnade, och hon såg att han blev ledsen.

»Du måste lova att höra av dig om tentan! Du ska få min adress i Sverige. Mobilnumret har du ju. Jag skriver förstås tillbaka. Kanske jag kan åka ner hit igen om du vill?«

»Ja gärna! jag lovar att skriva tillbaka så fort jag kan. Du får gärna komma tillbaka.« Det pirrade lite i henne när de fick ögonkontakt igen.

»Du är annorlunda, så naturlig. Jag tycker mycket om det.« Hon rodnade lite.

»Du är också speciell, Leonardo«. De följdes åt. Först bredvid varandra och sedan hand i hand. Vid busshållplatsen skiljdes de åt och hon gick till sitt vandrarhem. En puss på kinden fick hon och gav en tillbaka. Han gick hemåt för att hämta sitt bagage och flygbiljett. Det var svårt att lämna henne. Han kände sig både lycklig och olycklig på samma gång. Skulle hon komma tillbaka nästa höst? Han bestämde sig för att skriva ett brev som skulle vara det första hon såg, när hon kom hem. En liten överraskning. Han log omedvetet mot dem han mötte på sin promenad. Villan hade två ingångar och han gick som vanligt in genom trädgården på baksidan, som ledde direkt till hans rum. Väskan stod packad och klar. Flygbiljetten låg i hans fars arbetsrum och på väg dit upptäckte han hembiträdet på en soffa i biblioteket. Hon sov. En halvfull rödvinsflaska tronade på bordet. På skrivbordet i arbetsrummet hittade han biljetten men även ett papper rivet ur ett anteckningsblock. Det fanns ingen text men en fisk var urklippt och lite slarvigt påklistrad mitt på pappret. Mot sin vilja kände han igen och förstod budskapet. Så, det var därför du var tvungen att resa bort så hastigt, tänkte han medan han rev pappret i småbitar. Flyget till Rom väntade.

Lena hade en dag kvar på sin semester och gick en sista runda i stan för att insupa miljön. Hon funderade på Leonardo. Nästan samtidigt ringde telefonen och han var där. » Hej, en fråga bara. Min pappa ringde mig nyss. Han är i Palermo igen och vill hemskt gärna skjutsa dig till flygplatsen imorgon bitti. Han ska ändå åt det hållet och det skulle göra honom glad tror jag. Jag förklarar senare om det är ok? Hon undrade om Don visste var hon bodde och vilken tid han hade tänkt?

»Säg en tid bara så kommer han och då slipper du bussen och kommer smidigt ut till flygplatsen. Han känner till vandrarhemmet där du bor«.

» Det blir tidigt, redan klockan 6.«

»Inga problem! Jag har precis landat i Rom. Nu måste jag skynda mig till universitetet. Han har en svart BMW, så du vet.«

»Ok,« sa hon.

Samtalet bröts. Allt gick så fort att hon inte hann fundera. Nu var det försent, antog hon. Det skulle nog gå bra, intalade hon sig. Vad kunde gå fel? Allt tänkte hon. Han var insyltad med maffian? Leonardo hade själv sagt det. Han kommer nog inte, tänkte hon. Hoppas! Nästa morgon såg hon att hon haft fel. En svart BMW stod parkerad utanför vandrarhemmet. Hon kände först inte igen Don. Håret var annorlunda, kanske färgat? Rösten kände hon igen i alla fall och han öppnade bagageluckan så hon kunde lägga in bagaget. Hon var lite nervös och det bar sig inte bättre än att hennes tygkasse välte och innehållet föll ut. Hon märkte att han också var nervös så hon skyndade sig så mycket hon kunde. Under resan ut till flygplatsen var han lugnare och de småpratade, hon mest, om Leonardo förstås. De kom en hel timme tidigare än bussen. Hon hann knappt tacka honom, förrän han var borta. När hon plockade om sakerna i tygväskan, upptäckte hon att Rolexklockan saknades.

Lucianatt 1990/8

Hult var förbannad. Alfredsson hade lämnat in en anmälan och gjort anspråk på BMW:n som hittegods. Nu hade Alfredsson semester och kunde inte nås, men Hult skickade ett ilsket sms i alla fall. Något svar hade inte kommit än. BMW:n kunde kanske innefattas av paragraf 9 som lyder... *Påträffas föremål, vartill ägare ej finnes, inmurat eller intimrat i hus nedgrävt i marken eller dolt på annat dylikt sätt, tillkomme fyndet upphittaren och husets eller markens ägare till hälften vardera, där det ej är fornfynd.* Eftersom bilen var under utredning var anmälan obegriplig. Alfredsson var kanske inte den vassaste kniven i lådan men det får bli vad det blir, tänkte han. Anmälan var inskickad och någon lustigkurre från Krim hade redan hört av sig med en spydig kommentar. Tidigare hade Luciafirandet varit upphov till fylla och stök men det hade lugnat ner sig de sista åren. Ungdomarna hade väl blivit bekväma och ointresserade av att lämna dataspelet eller vad det nu var. Annat var det förr, tänkte Hult. Då hade man gått runt och »Lussat« för någon lärare eller träffats tidigt i aulan, där fina julsånger stod på programmet. Mona var upptagen med en rapport om skadegörelse. Någon hade enligt uppgift hittat en vägskylt som var vriden åt fel håll och nu undrade personen vems ansvaret var? Vägverket, tänkte Mona, och fortsatte med skrivandet. Tydligen hade skylten varit felriktad under en längre tid och det här var inte första anmälan personen lämnat in. Liten ort, små problem, tänkte hon och satte punkt. Hansson satt vid disken med ett pass ärende när »mopedmannen« kom in.

»Har ni hittat min moped? Han borstade av sig snö i en ilsken rörelse. »Vad gör ni här hela dagarna?«

»Skriver ut pass bland annat,« sa Hansson och fortsatte sin procedur. »Vi hör av oss om det kommer något tips, var inte orolig«.

»Klart man är orolig, det var en dyr moped,« mumlade han och gick ut.

»Är det mycket stölder?« sa passkunden efter en stund.

»Vill jag inte påstå,« sa Hansson och lämnade ut passet.

»Ja vi får hoppas att det blir en lugn Lucianatt i alla fall.«

»Blir det säkert«, sa Hansson och gick ut till fikarummet. Hult satt vid bordet och muttrade, fortfarande irriterad över anmälan. Mona hade anslutit med några bullar som såg riktigt goda ut. Hon harklade sig.

»Det kanske finns någon annan som vill baka...« Hansson avbröt mitt i meningen...

»Får man ta en?« han satte sig ner vid bordet. Mona nickade.

»Bakade i morse,« mumlade hon. Fikarasten avlöpte utan vidare incidenter och alla återvände till sitt. Hansson gick in på sitt rum och letade upp den anmälan som var inlämnad av mopedmannen vars egentliga namn var Ture Frisk, diarieförde den i datorsystemet, vilket han glömt tidigare. Sedan ringde han upp Lena som hade väldigt mycket att berätta. Hon hade tydligen träffat någon också, så mycket förstod han. Efter en halvtimmes monolog, avbröt han och frågade när hon tänkte komma på besök. De hade inte setts på nästan ett halvår. Det ville hon gärna och hon skulle ta med lite semesterbilder från Palermo. När hon skulle komma var nu lite oklart.

Don stannade vid ett litet torg. Färjan över Messinasundet hade varit den som han var mest orolig för. Ingen verkade ha noterade honom eller bilen, som för övrigt var skriven på hans fru. Han köpte en tidning och hittade en nyhet om ett mord som skett. **På hans adress**. Han blev chockad.. Leonardo! Han ringde utan att få svar. Han skickade flera sms. Till slut efter någon timme fick han äntligen svar. Leonardo levde! Lättnaden var omedelbar.

Han skickade ett sms. *Vi måste lämna Italien! Nu!* ....Svaret kom snabbt. **Varför?**

Fråga inte, lite på mig.

Om det handlar om dina affärer har jag inget med det att göra. Jag har aldrig varit inblandad.

Nu är du det ändå. Det är fara för ditt liv! Leonardo suckade, han insåg att Don inte skämtade. Han hade aldrig känt sig så förtvivlad. Eller arg. Om det var Maffian som letade efter hans pappa var det mer eller mindre omöjligt att gömma sig. Var befann sig Don? Han skickade ytterligare ett sms. Efter en stund fick han ett långt svar där han bland annat ombads att ta in på ett mindre hotell dit han fick adressen. Han fick också reda på att deras hembiträde blivit mördad. Det skakade honom. Fabiola hade varit en stor del av hans uppväxt. Sorgen trängde på och plötsligt rann tårarna okontrollerbart. Leonardo lämnade universitetet. Fylld av sorg slog han sig ner på en bänk och blev sittande. Totalt apatisk. Han hörde telefonen ringa men orkade inte svara. Han hade sett vad Maffian kunde åstadkomma. Det kunde alla som läste tidningar eller såg på tv. Nu hade den kommit in i hans liv på riktigt. En äldre kvinna närmade sig. »Såja, sa hon. Vad tynger dig unge man? Har din flickvän lämnat dig«? Han skakade på huvudet, reste sig och lämnade platsen. Han ville vara ifred med sin sorg. Fabiola varför? Don ringde igen men Leonardo svarade inte. Don hörde att signalerna gick fram. Han körde längs E45 med Rom som slutmål. Det skulle ta honom resten av dagen att komma dit. Hans plan var att fortsätta norrut så fort han hämtat sin son. I bilen fanns inget bagage förutom en mindre bag. Han hade lämnat allt bakom sig. Senare på kvällen fick de äntligen telefonkontakt. De bestämde en mötesplats i närheten av hotellet. Han kom dit vid midnatt. Det var ett lugnt område med lite trafik. Han parkerade. Efter en halvtimme kom Leonardo, öppnade bildörren och satt sig brevid sin pappa. Med hopsjunkna axlar, rödgråten och tyst satt han på sig säkerhetsbältet. Ingen av dem yttrade ett ord. Efter några mils färd somnade Leonardo. De hade lämnat Roms förorter bakom sig. Don var trött men hade inte tid att vara det. Han tog ett piller till. Koffein förstås. Rörde inte knark. Hans liv hade kommit till en vändpunkt. Planen nu, var att starta om någonstans i Europa. Men var? Hans oro var befogad men rörde inte honom själv egentligen. Han hade ekonomisk back up. Hans liv skulle ordna upp sig, det var helt klart. Dock inte i Italien. Leonardo kunde förstås fortsätta sina studier i något annat land. Han blev tvungen att lära om. Kultur, språk, allt... Ville han det? Fanns det något annat val?

Tankarna malde på. Drygt 5 timmar senare körde de in i Milano. Leonardo var fortsatt tyst. Färden gick vidare mot Como och gränsen till Schweiz. Don var trött och bad sonen överta ratten. De passerade gränsen utan problem. I en närbutik köpte de rakhyvlar, tandborstar och lite annat. Efter några timmar resa i det bedövande vackra landskapet stannade de vid något som såg ut som ett B&B. De hade följt skyltningen någon mil in från väg A35. De betalade för ett dygn och åt en hyfsad lunch innan de sträckte ut sig på varsin säng.

Tankarna malde även hos Serpento. De var obehagliga och skrämmande Det misslyckade mordförsöket kunde få konsekvenser. Simma med fiskarna? Nej, det trodde han inte, men det var minuspoäng i ett övrigt fläckfritt rykte. Han suckade och slog sig ner på stolen, beredd på en utskällning. »Bossen« var mjuk men krävde ett avslut. Betalning hålls inne så länge, avslutade han. Det kändes på något sätt ojust men han höll mun. Serpanto fick en väska och nya instruktioner. Det var en bag som bl a innehöll sprängmedel, elektronisk apparatur och annat som var användbart i det här sammanhanget. Han fick även reda på målet samt hur han skulle komma dit. Det handlade om en bil, närmare bestämt en BMW som hade passerat gränsen till Schweiz sent på eftermiddagen. Det var ont om tid så han fick skjuts ut till Palermos flygplats. Någon timme senare svävade han i luften i en Cessna, vilket var ovanligt för hans del. Han var mer van vid bilar. »Nåja bara inte skiten går i backen, ska det nog ordna sig.« Han fick bagen genom tullen utan problem. »Bossens« förtjänst? De hade aldrig träffats tidigare men han var väl bekant med rösten från telefonsamtalen innan uppdragen. Några timmar senare landade han på Lugano airport. Han kvitterade ut en Fiat på Hertz och gav sig av. Under tiden som resan varade, funderade han på varför det blivit fel på det sista jobbet. Nästan framme vid adressen kom han på det. Han hade aldrig skjutit en kvinna tidigare. Men att det var en kvinna visste han ju faktiskt inte om, förrän senare. Nämligen, dagen efter när »Bossens« ringde och sa att han gjort bort sig. Kanske hade det något med hans egen mamma att göra. När han såg henne i blodpölen på köksgolvet Hade han lovat att aldrig skada en kvinna. Nu hade han gjort det. Kanske han hade haft en föraning om det? Ju mer han tänkte på det, desto mer övertygad var han, att det verkligen var så. Nu var han förbannad och ute efter hämnd. Den där grisen Don Stacci, skulle få lida. Som han såg det var allt Don`s fel. Han körde om ytterligare en långtradare. Ett B&B med adress var nedskriven på baksidan av en karta. Nu var han lite bekant med området så kartan var egentligen överflödig. »Bossen« lever i det förgångna som alla gamla stötar muttrade han och körde av huvudleden. Det var inte svårt att hitta. Bilen stod parkerad vid några tujor och det passade honom utmärkt. Serpento kunde arbeta i lugn och ro i mörkret. Han hade fått order. En bilbomb. Alltid effektivt. Enkelt för att man inte var nära offret och eventuelle vittnen. Han betraktade byggnadens baksida en stund. Det var tyst och stilla. Bagen stod på marken. Han ställde sig på knä och tog fram det som behövdes. En liten ficklampa för att se var det fanns ett ställe att fästa bomben. Han ålade in halvvägs under bilen och letade efter en lämplig plats.

Besök i natten/11

Don vaknade av att det blivit svalare i rummet. Ute var det nermörkt. Leonardo sov . Kissa, kände han och vandrade ut till toaletten. Han kastade en blick på klockan som visade 3.05. Toafönstret stod en aning på glänt. När han sträckte sig kunde han faktiskt se lite av bilen i mörkret. Han drog upp gylfen och skulle precis spola när han såg ett litet ljussken, kanske från en ficklampa eller något annat. Med visst besvär ställde han sig på toalettstolen för att se bättre. Någon halvlåg under bilen! Lampan glimmade till då och då. Att det inte var en mekaniker som nattarbetade förstod han.. Hur hade de hittat honom? Så snabbt? Bilen måste vara buggad? Frågan var om det var en eller flera därute? En var nog rimligast. Han fick fart och drog på sig ett par byxor, hämtade en pistol och haltade ut i natten. Området var dåligt upplyst. Det var både bra och dåligt. Bilen var parkerad nära ett buskage och om han bara kunde komma runt det skulle han vara i en bra position. Trots sin ålder var han fortfarande rätt rörlig. Han rundade buskaget och smög sig närmare. Han skruvade försiktigt på ljuddämparen på sin Beretta och snubblade på något han inte sett i mörkret. »Satan«! Handleden knäckte till. Oväsendet kunde väckt döda. Pistolen skramlade iväg på asfalten när han försökte tog emot sig i fallet. Ombytta roller! Serpento rullade blixtsnabbt fram och reste sig. De betraktade varandra under tystnad någon sekund. De såg på pistolen som låg på asfalten. Serpento som var yngre och snabbare nådde den först. Serpento log och närmade sig. Pistolen som varit säkrad klickade till.

»Vill du be en bön Don, så gör det nu« sa han och siktade mot Dons bröst. I ögonvrån skymtade han en rörelse men det var för sent. En tvåtumsplanka kraschade mot hans ansikte och han föll ihop. Leonardo slog en gång till. Don rusade fram och plockade upp pistolen, riktade den mot Serpentos blödande huvud.

»Nej pappa! Leonardo ställde sig i vägen. Gå in och hämta vårt bagage!« Don hade aldrig tagit order av sin son. Nu föll han till föga. Handleden värkte, hjärtat slog alltför snabbt och han var villrådig. Han lommade iväg utan protest. Leonardo tog fram nyckeln öppnade bagageluckan och baxade in kroppen. Allt var tyst och han lyssnade i natten efter ljud som kunde avslöja att någon hört något. Han böjde sig ner och tog ficklampan som låg vid sidan, ålade in under bilen. Ett litet paket inlindat i tidningspapper och tape lirkade han loss. Efter en stunds sökande hittade han en liten plastdosa som han stoppade i fickan. Efter några minuter kom Don med det lilla bagage de haft med sig. En bag och Leonardos väska. Don sjönk ner på sätet och höll om sin handled som värkte oavbrutet. Leonardo satte sig i förarsätet.

»Tack,« sa Don och sneglade på sin son. »Du räddade mitt liv«.

»Jag hörde när du gick ut. Jag följde efter. De håller på med någon bygge. De låg en hög med virke utanför. Plankbiten låg där.« Leonardo darrade och svettades om vart annat. Det var första gången han slagit någon. Adrenalinet strömmade fortfarande genom kroppen. Han hade svårt att koncentrera sig på bilkörningen.

»Nu är det färdigmördat för din del. Fattar du det?«

Don nickade. Han visste inte vad han skulle säga. Lite senare fick Leonardo syn på en container som stod vid vägkanten brevid en villa. Huset var under renovering och nedsläckt. Han parkerade, öppnade bagageluckan och lyfte upp den livlösa kroppen som han med viss möda lyckades baxa ner i containern. Han trevade i fickan och höll fram den lilla plastdosan framför Don.

»Du fann den alltså?« Leonardo stoppade tillbaks den i fickan och nickade. Några mil längre fram hittade de en öppen bensinstation. Leonardo gick på toaletten och såg sig i spegeln. Det var blod på skjortan. Det var allt. Han tog av den och sköljde ur den. Det stod en lastbil fullastad med sand utanför. Chauffören var upptagen med att tanka. Leonardo klev upp på andra sidan lastbilen. Ställde sig på bakhjulet och tryckte ner det inlindade paketet i sanden. »Nu kör vi pappa,« sa han och för första gången på länge kände han sig lugn. Han vred på värmen. Skjortan var blöt och kändes kall mot huden. »Bomben?« sa Don. »Ligger i sanden på ett flak,« sa Leonardo och gäspade. Han var trött men de hade lång väg att köra. Leonardo hade bestämt sig. Han skulle ringa Lena. Det var långt till Sverige. Han skrattade. »Vad är det som är så roligt,« sa Don och kramade om sin stukade handled. Leonardo vevade ner fönstret och slängde ut en liten plastdosa.

Ända sedan hon kom hem från Italien, hade han funnits i hennes huvud. Det som började som en semesterflört hade utvecklats till något annat. I alla fall kändes det så. Hon hade fått ett vykort som var poststämplat i Rom. Det var inte långt, bara några få rader:

Hello Lena! Hope everything is ok. I really hope you can visit me following autumn. Best wishes from your Leonardo. Im studying hard for the moment. Take care! Love!

Hans underskrift stod med bläck längst ner på sidan. Hon önskade att han hade skickat något mer, ett foto kanske eller ett lite längre brev än de få rader hon fått. Ett fotografi hade hon fått tidigare och det hade hon lagt i sitt skrivbord i översta lådan. Ibland tittade hon på det och tänkte på allt som hänt när hon var i Palermo. Var det kärlek? Hon visste inte riktigt. Ibland fick hon lust att packa resväskan. Ge sig iväg. Det var grått och kallt hemma. Hon hade lite dåligt samvete eftersom hon fortfarande inte hälsat på sin pappa som hon sagt när de pratade i telefon sist. Sedan sken hon upp. Leonardo ville ju att hon skulle komma. Det skrev han. Nästa höst. Ja, tänkte hon. Absolut. Hon kanske kunde ta en kurs i Italienska och överraska honom när de träffades. » Bra ide Lena.!« Visserligen var hans engelska okay, men ändå. Vad roligt det skulle vara att kunna prata lite italienska. Hon bestämde sig för att kolla upp om det fanns någon kurs som skulle starta efter jul. Humöret steg och hon bestämde sig för att ringa sin pappa och bestämma en tid när de kunde ses. Sedan kom hon att tänka på resan ut till flygplatsen med Don. Varför hade han proppsat på att få skjutsa henne och varför hade han färgat håret? Det var underligt. Hon bestämde sig för att skriva ännu ett brev till Leonardo. Det förra hade hon inte fått svar på. Adressen kanske var fel? Sms i stället? Nej inte den här gången, så opersonligt. Hon satt sig ner vid köksbordet och tog fram ett kuvert. Brevpapper hittade hon inte förstås. Hon rev av en sida ur ett kollegieblock och klippte av den tandade delen med en sax. Det såg inte så snyggt ut så hon slängde det och tog ett nytt ark. Nu var hon mer koncentrerad och hade en liten bit kvar när telefonen ringde. Saxen klippte snett och hon svor en lång ramsa. **»Lena«**, svarade hon irriterat och glodde ilsket på det sneda arket. Hon kände igen rösten direkt och blev överraskad och glad. Leonardo berättade att han bilade genom Europa. Han och Don satt i bilen och var vid gränsen till Tyskland. Något hade inträffat som gjort att de måste lämna Italien, men vad det var uppfattade hon inte riktigt. Han undrade om de fick komma och hälsa på? Eller kanske bara han. Det var inte riktigt bestämt för tillfället. Hon svarade naturligtvis ja. Tänk att hon skulle få träffa honom igen och det så snart. Hon bodde visserligen lite trångt men hon kom att tänka på pappans sommarstuga. De kunde säkert få låna den i så fall. »Den är vinterbonad men ligger lite ensligt till.« Leonardo skrattade och sa att det var ok och att han längtade efter henne och tänkte på henne varenda minut.

»Jag ringer imorgon igen. Vi måste åka till en läkare och se till Dons handled. Han föll och stukade den men det är ingen större fara. Hur går studierna?« sa han utan att höra hennes svar. Linjen bröts.

Serpento vaknade av att det killade i ansiktet. Ett moln av flugor surrade runt hans blodiga ansikte. Munnen var sig inte lik. Inte näsan heller. Han stönade när han satt sig upp och tittade sig omkring. Var befann han sig? Han kände försiktigt på näsan men det blixtrade till som en elstöt. Han stönade. När han rörde tungan i munnen upptäckte han luckor där tänder tidigare suttit. Helt still satt han och försökte samla tankarna. Efter vad som syntes vara en evighet började saker och ting klarna. Han försökte säga något men det blev mest en väsning. »Scchdon,« lät det. Sedan tystnade han och försökte röra ben och armar. Ett plus var att han upptäckte att alla kroppsdelar fortfarande var rörliga. Sedan svor han länge och intensivt utan att det kom något ljud ur hans mun. Ett ansikte syntes en bit ovanför containern. Det var en ung man som hade betraktat honom en stund.

»Ska jag ringa ambulans farbror?« Serpento väste lite men samlade sig och nämnde ordet doktor. Han ville inte besöka ett sjukhus eller annan myndighet som hade kontakt med polisen.

»Doktor nära, sa han frågande?« Han reste sig ostadigt och fick hjälp att klättra ur containern. Stödd mot den unge mannen linkade han iväg i riktning mot ett närbeläget torg. Han blev hjälpt in genom en dörr och hamnade i en liten lägenhet där en äldre man betraktade honom med misstänksamhet.

»Du borde åka till ett sjukhus.« Serpento stoppade ner handen i innerfickan vilket fick den gamle mannen att hoppa till. Serpento log, om man nu kunde kalla det ett leende. Några sedlar blev synliga.

»Fixa nu, pronto doktore!« Serpento slog sig ner på en stol. Gamlingen protesterade lite men plockade fram något som såg ut som en läkarväska och öppnade den. Han tog fram lite bandage och en flaska cognac.

»Anastese,« sa han och log plirigt. Serpento tog flaskan, drog av korken, halsade och hostade om vartannat. Den gamle mannen kom fram med varmt vatten och några handdukar. Han torkade bort blodet försiktigt. Efter en stund tog han tag i näsan och drog den i ett bättre läge. Ett illvrål hördes som gick genom märg och ben. Sedan tystnad och därefter några gipsremsor över näsryggen som avslutade verket. Den gamle muttrade något otydligt om tandläkare och visade med en gest att han var klar. Sedlarna hade försvunnit ner i hans ficka. Den unge mannen ringde efter en taxi som kom efter en stund. Serpento muttrade något och klev in i bilen. Det dunkade i näsan och huvudet. »Tuff natt?« sa taxichauffören och betraktade hans ansikte när de närmade sig angivna adress. Serpento svarade inte. Han betalade men gav ingen dricks. Hyrbilen stod kvar där han lämnat den och efter en stunds funderande ringde han. Det skulle visa sig bli ett obehagligt samtal. Han ringde »Bossen« och fick i korthet reda på att han nu inte kunde återvända till Palermo. Det var uteslutet! Han fick också reda på att Don och Leonardo var på väg till Sverige. Man hade haft ett »trevligt« samtal med en föreståndare på ett vandrarhem där tydligen en kvinna vid namn Lena hade bott. Hon hade en »affär« med Leonardo, dessutom hade hon antagligen fått skjuts ut till flygplatsen av Don själv. »Du får ta dig till Sverige och avsluta det du skulle gjort tidigare. Pass och andra instruktioner kan du hämta på flygplatsen. Milano/Malpensa i en förvaringsbox nummer 26. Om, jag säger om, du klarar jobbet? ska jag lägga ett gott ord för dig fast jag inte anser att du är värd det«. Serpento kom på att han satt och bugade under samtalet. Det var lite komiskt trots smärtan i huvudet och näsan. Kan bli intressant att åka till Schweiz eller var det Sverige, tänkte han och startade bilen.

Den här dagen skulle man inte glömma bort i första taget. Alfredsson hade kommit tillbaka efter några dagars ledighet. Hult var inte nådig när han kom in på Alfredssons tilltag vad det gällde ansökan om hittelön på BMW:n. Det hela rann dock ut i sanden då man kom till en överrenskommelse som inte var alltför pinsam för nämnda polisassistent. Hansson hade återigen pratat med mopedmannen och hade nu svårt att hålla en trevlig attityd mot mannen som aldrig verkade inse att hans frekventa besök inte ledde någonstans i fråga om den försvunna fordonet. En glädjande sak var i alla fall att Lena hade lovat att komma på middag. Mona hade pratat med en handläggare på vägverket och undrade hur det kom sig att skylten återigen pekade åt fel håll. Handläggaren upplyste henne om att de var där i förra veckan och åtgärdade problemet. Vem eller vilka som nu var ansvariga för sabotaget var obekant för Mona och samtalet slutade med att handläggaren suckade ljudligt men lovade att, när tillfälle gavs, skicka ut någon som kunde vända vägmärket åt rätt håll igen. Mona tyckte att han sa »den jävla skylten« men det var hon inte helt säker på. Hansson, som överhört delar av samtalet, sken upp.

»Skyltproblem,« skrattade han.

»Är det inte där du har en sommarstuga,«?

»Jo, så sant, som det är sagt och det har varit strul tidigare med skylten. Ganska obegripligt egentligen. Att någon tycker det är så kul att ständigt vrida den åt fel håll.« »Jag har mina aningar i alla fall.«

»Jaha, vem tror du att det är då?

»Bo Alm eller »Bosse bus«, som han kallas, är ett av originalen på orten. Han »kommer hit och sover ruset av sig ibland. Det har hänt i orten att saker och ting fått fötter och ibland har grejerna påträffats hos honom. Bränner gör han också men jag skulle då inte köpa den jävla smörjan. Stinker finkel lång väg.« Telefonen på hennes skrivbord ringde och han återvände till sitt rum, där han drog ut översta lådan i skrivbordet och tog en hastig blick på Rolexklockan som var invirad i en näsduk. Dumt egentligen att ha den liggande här. Han bestämde sig för att ta hem den. Polisstationen var inte det bästa stället att förvara den. Den saken var klar. Plötsligt ropade Mona på honom. Det var något om ett rån i en uraffär. Mona pratade med en kvinna som var mycket upprörd. Det blev skarpt läge. Sålunda skyndade Mona och Hansson ut till bilen. De slog på blåljusen men lät bli sirenen eftersom trafiken inte var något problem vid den här tiden på dagen. Egentligen var det nästan aldrig problem med trafiken. Efter ca 20 min var de framme vid affären. En ambulans var parkerad utanför. Dörren till butiken var öppen och när de kom in mötte de ambulanspersonalen som bar en person på en bår. Mannen på båren var inte talbar. Ett bandage täckte hjässan och en dam som visade sig vara vän till mannen på båren berättade att de blivit rånade. Hon snörvlade och snyftade medan hon förklarade vad som hänt. En man med rånarluva hade kommit in i affären. Han hade slagit expediten med ett föremål som kunde vara en batong eller ett järnrör. Det var inlindat i en trasa. Han slog sönder glaset över disken till klockorna, rafsade åt sig flera stycken och stoppade dem i fickan. Han försvann lika snabbt som han kommit. Mona hjälpte damen att sätta sig på en stol medan Hansson betraktade förödelsen. Han tog fram ett anteckningsblock och gick ut till bilen och hämtade en kamera. Expediten hette Gabriel Ek och var 72 år gammal, ägaren Ziia var 65 och hon hade haft Gabriel som hjälp i butiken under många år. Hon var änka och hade arbetsinvandrat till Sverige från Italien, berättade hon. Men det var länge sedan. Det hade aldrig varit något problem i affären tidigare. Tvärtom. Alla kunder var så trevliga och det var många på orten som köpt en klocka eller något annat, till en födelsedag eller vid konfirmationen. Hansson plitade på medan Mona tröstade damen som verkade chockad. Dagen övergick i kväll och Hansson insåg att middagen med dottern inte skulle hinnas med. Han ringde Lena och förklarade vad som hänt. » Det går fler tåg pappa. Sköt om dig och ha det så bra. »Ta fast boven!« avslutade hon.

En del dagar kan man klara sig utan, tänkte han, när planet på grund av tekniska problem gick in för landning på Sturup. Några passagerare blev bussade till Lund medan de andra tålmodiga väntade på att planet skulle tas i drift igen. Serpento var inte tålmodig. Det gick rykten om att planet skulle bli kvar till sen kväll och då bestämde han sig för att satsa på tåget i stället. Han tog en taxi till Lund där biljett också inköptes.Tur i oturen var att han inte behövde vänta så länge på perrongen. Tåget rullade in strax efter hans ankomst. Det fanns en restaurangvagn, men menyn lämnade en del övrigt att önska. Lasagne fanns i alla fall men den skulle visa sig näst intill oätlig enligt hans sätt att se på saken. Medan tåget tuffade norrut gick han in på en toalett och blötte ner ansiktet med vatten, dasspapper och våtservetter. Därefter avlägsnade han gipset. Näsan var öm och han undvek att röra den. Gipset skulle nog suttit lite längre tid. Konduktören pratade engelska med honom och han förstod delar av samtalet. Det gjorde honom lite uppspelt...kanske för att konduktören var en hon, med ett dessutom, tilltalande yttre. Någon italienska behärskade hon emellertid inte. Tåget gick till Stockholm. Där skulle han byta tåg mot Uppsala och sedan sista biten med hyrbil. Om en sådan fanns tillgänglig? I tåget kunde han vila upp sig, planera fortsättningen eller vad som komma skulle. Någon pistol hade han inte med sig. En stilett fanns med i bagaget. Han tyckte själv att den passade honom bra. Visserligen krävde den närkontakt men han var väl bekant med den. Han hade Lenas adress och det var dit han var på väg.

Don berättade att Sveriges äldsta universitet låg i staden de precis hade kommit fram till. Leonardo lyssnade på halvt öra eftersom han pratade med Lena samtidigt. Hon berättade att hon fått lov att använda sommarstugan och (den här gången var det på riktigt.) Hon hade frågat sin pappa men inte direkt berättat vem som skulle bo där. Leonardo och hon skulle i alla fall träffas om någon timme. Don var på utmärkt humör och visslade »O sole mio«, medan han rattade bilen i riktning ut från Uppsala. Han hade bestämt sig för att lämna de unga i fred när de kom fram och ha lite sightseeing på egen hand. De kom till ett pittoreskt samhälle, med röda trähus och vita knutar, likt dem han tidigare sett under resan. De stannade vid en äldre hyresfastighet. Lena bodde på nedre botten. Hon stod utanför huset i en röd täckjacka och en lustig liten svart mössa, där blonda lockar föll ner mot kragen. Don tyckte hon var mycket söt. Leonardo han knappt få upp bildörren innan hon var i hans famn. Don förklarade att han tänkte ta en promenad efter allt sittande men de hörde honom knappt. » Jag tar en promenad,« sa han igen och började traska ner mot något som i bästa fall kunde kallas centrum. Leonardo ropade att de skulle få mat om några timmar och han vinkade till svar. Längst ner på gatan fick han syn på en uraffär och sin vana trogen gick han fram och tittade på skyltningen i fönstret och de utlagda klockorna. Han stod där en bra stund. Dörren öppnades och en kvinna tittade på honom, harklade sig och sa, »tycker ni om skyltningen? Den är faktiskt omgjord sedan rånet. Men det kanske ni inte känner till? Rånet alltså?«

»Sorry I dont speak swedish, Im from Italy,« sa Don ursäktande.

»Vilket sammanträffande, sa kvinnan på italienska« och sken upp.

»Är ni från Italien,« sa han häpet. Kvinnan nickade och bad honom komma in i affären, där hon försvann bakom ett skynke och det hördes skrammel av porslin och snart återkom hon med två koppar kaffe på en bricka. Han presenterade sig och fick reda på att hon hette Ziia . Det var mest hon som pratade. Han förklarade att hans son träffat en svensk kvinna och att de var på beök i Sverige. När han berättade att han var intresserad och även samlade på klockor blev hon väldigt nyfiken på honom. De pratade länge och plötsligt kom han på att Lena väntade med middagen. Han var tvungen att gå men lovade Ziia att titta in någon dag. På återvägen kom han på sig med att känna sig ovanligt uppspelt. Det kanske berodde på Ziia? Hon var en i allra högsta grad oväntad och trevlig bekantskap. Vem hade kunnat ana det? Hans besök började på ett helt annat sätt än han tänkt sig. Don log och skyndade på stegen.

Köttgrytan var väldigt god och han fick ett litet glas Chianti till. Han berättade om sitt möte med Ziia. På köksbordet hade Lena lagt upp en enkel kartskiss där hon med pilar hade förklarat hur han skulle komma till sommarstugan i Näs. Skissen var tydlig och redig, tyckte han. Stugan var ditritad och skissen var lättläst med ortsnamn utsatta. Det blev kaffe och mandeltårta till dessert. När det mörknade och det unga paret började gäspa ikapp bestämde han sig för att åka iväg. Han fick en uppsättning nycklar där en hade ett blått plastöverdrag. »Den var den enda han behövde egentligen och tillade att hon varit ute i stugan tidigare under dagen och satt på värmen. Jag fyllde på kylen också, mjölk, smör, bröd och lite annat som kan behövas. You can find red wine in the cupboard avslutade hon.« Han log och tackade henne för allt besvär.

»Äsch! det är bara roligt att kunna hjälpa till«. Leonardo skrattade till i soffan. Han tittade på nyheterna. Svenska låter konstigt konstaterade han åter igen. Kan jag lära mig det? undrade han och skrattade igen. Don stängde ytterdörren och Lena kom leende in i vardagsrummet. » Don åkte nu. Det är ett riktigt hundväder ute. Det snöar ordentligt.« »Oroa dig inte, pappa är en van bilförare«

»Vet du, jag tror vi följer honom en bit på vägen i alla fall. För säkerhets skull.«

»Ok men jag tror inte det behövs.« De hoppade in i bilen som egentligen var hennes pappas. De hann inte i kapp honom och rätt snart började sikten bli så dålig att de bestämde sig för att vända hem. Lena som varit orolig för Don fick plötsligt bekymmer med väglaget. Hon slirade till och körde fast och de blev sittande i en driva. Ganska odramatiskt men där blev de stående. Till slut, efter en lång väntan fick de hjälp att komma loss. De var inte ensamma om att få problem skulle det visa sig.

Det som hade inträffat var ganske ovanligt. De hade inte varit något rån på flera år i området. Det var oftast mycket lugnt och fridfullt. Hansson beslöt att göra en visit hos »Bosse bus«, även om han hade svårt att föreställa sig Bo som rånare. En parhäst kunde vara användbar i sammanhanget så han frågade Mona om hon hade möjlighet att lämna skrivbordet ett tag. Hon följde honom glatt ut till bilen. Det fanns fler adresser att besöka. Turligt nog fanns de i samma område. En husvagn i ett skogsparti samt ett litet torp på vägen bortom Näs. De närmade sig den ökända skylten som visade var Näs låg och nu var den rättvänd. Vägverket hade tydligen hunnit ut för att korrigera felet. Grusvägen smalnade av och efter någon kilometer liknade den mest en timmerväg. Husvagnen var tom men på baksidan fann man en moped under en presenning.

»Där ser man , sa Mona. Då gjorde vi lite nytta idag i alla fall. Mopedmannen har vi nog sett för sista gången.«

»Tack och lov!« utbrast Hansson. De låste bilen och begav sig med mycken möda iväg till fots pulsande genom drivorna ytterligare någon kilometer längs vägen. Ett litet soldattorp skymtade bland träden men när de väl kom fram visade det sig att huset var tomt. De var ändå nöjda när de kämpade tillbaka mot sin bil. Ägaren till mopeden tänkte Hansson informera redan samma dag eller eventuellt i morgon. Han kunde i och för sig ha tittat till sitt eget hus men vädret satte stopp för det. Efter att nästan ha fastnat i en driva svängde de ut på länsvägen och mötte en bil på väg mot korsningen. »Undrar just vad den skulle? sa han och pekade efter bilen som körde långsamt i snöyran.

»Rasta hunden kanske,« sa Mona.

»Såg ingen hund i alla fall.«

»En liten hund i baksätet syns inte.« Sant, tänkte han men svarade inte. Nu ville han tillbaka, »stämpla« ut för dagen. Kanske ta med en pizza hem? Först tänkte han i alla fall ringa mopedmannen. Sedan undrade han var »Bosse bus« fanns. På radion varnade man för fortsatt lågtryck med hårda vindar och snöfall. Han frågade om Mona kunde ge honom skjuts hem då han tillfälligt lånat ut bilen till dottern. Hon nickade jakande.

Det var med viss förväntan han närmade sig adressen. Serpento hade hyrt en bil i Uppsala, en Fiat förstås och det hade blivit en del problem i samband med kontraktet men det var en väldigt serviceminded person som verkade mer intresserad av att han skulle hyra bilen än han själv var. Bilen hade dubbdäck vilket var tur då Serpento inte alls var van vid det hala underlaget. Ja, de var konstiga, svenskarna. Det hade han upptäckt så fort han kom in i landet. De var väldigt tystlåtna. Under tågresan var det ingen som sa någonting på flera timmar. Det tyckte han var mycket märkligt. Han skruvade på radion medan bilen tog honom mot målet. Klockan närmade sig 23.50 och han hade varit på väg i många timmar men kände ingen trötthet. Det berodde sannolikt på adrenalinpåslaget. Det var lätt att hitta adressen och han parkerade i närheten. Porten var olåst och namnet fanns på en tavla precis vid ingången. Det var bara att följa anvisningen. Lägenheten låg på nedre botten. Han smög fram till dörren och tog en hastig blick på låset som var en barnlek, nickade och återvände till bilen där han tog fram sin bag ur bagaget. Det snöade ordentligt och han svor när smältvattnet rann ner under kragen. .Efter att väntat en stund återvände han till huset. Han stoppade en stilett i linningen och öppnade försiktigt brevinkastet. Det hördes inget ljud från lägenheten så han dyrkade upp ytterdörren och öppnade den på glänt för att se om han var ensam. Dörren stängde han tyst bakom sig. Det enda som hördes var klicket från hans stilett. Köket låg direkt till höger. På köksbordet stod några tomma kaffekoppar och på ett fat låg en liten bit mandeltårta. Den slank ner och han överraskades av hur god den var. Nästan italiensk klass tänkte han, blicken vandrade vidare över bordet. Han fann en skiss med pilar och namnet Näs skrivet i bläck. Leende sökte han igenom lägenheten men fann inget annat som intresserade utom ett pass på en viss »Leonardo Stacci«, samt lite kläder som låg på dubbelsängen. Vem skulle till Näs? Det var uppenbart och han övergav den ursprungliga planen på att komma åt Don i lägenheten. Det var enklare ju mindre personer som fanns i närheten. Väl inne i bilen tog han fram bilkartan han fått av den vänliga uthyraren och letade upp Näs. Det var nära, kanske ett par timmar bort. Det snöade. Först glest, sedan tätare och med byar som försämrade sikten rejält. Han bet

ihop käkmusklerna hårt när väggreppet släppte för en stund. Snön kom
från nordost och Bo som besökt en av sina hyddor i skogen spände på sig
skidorna för att ta sig till soldattorpet i Näs. Han hade buteljerat sprit på
tomflaskor och den sista flaskan var fylld. När han tittade ut snöade det
ymnigt. Han skidade iväg med reducerad fart.

Don fick syn på polisbilen som hade svängt ut i motsatt riktning vid korsningen men de lämnade honom utan notis och fortsatte mot staden. Don såg skylten »Näs« där stugan skulle ligga och det piggade upp. Kan inte vara så långt kvar nu, tänkte han. Det var svårt att se vägen eftersom snön yrde vilt och efter en stund fick han sakta ner till krypfart. Vägmarkeringarna försvann och plötsligt kanade bilen av vägen och gled in bland buskar och sly. Han svor en lång radda och lade i backen. Lätt gas och gungteknik var han bekant med i lera, men bilen grävde sig långsamt ner i snön. Han slog av tändningen och svor högt. Efter en stunds fundering sträckte han sig efter sin bag i baksätet, öppnade dörren och gick ut i snöyran. Han gick upp på vägen och började vandra mot det hägrande målet. Lågskor var inte rätt fotbeklädnad i det här vädret. Det var svårt att ta sig fram men han var envis och fast beslutsam att nå stugan. Väl inne på skogsvägen lugnade vinden sig något. Ett par strålkastare närmade sig bakifrån och han ställde sig på sidan för att göra plats. En gul Fiat passerade men stannade några meter framför honom och föraren gick ut. Först när de stod på någon meters håll anade han att något var fel. Ett högt skrik sedan var Serpento över honom som en furie. De föll i snön som en person, höll fast i varandra, då och då utdelades knytnävsslag, spott och skrik blandades med svordomar. Serpento som var lättare hamnade underst men lyckades ändå få fram stiletten. Utlösningsmekanismen för bladet kom han inte åt men han slog Don där han kom åt. Don låg plötsligt på rygg delvis nerkasad i ett dike. Ett triumferande tjut ljöd i vinden från Serpento som kommit i överläge. Med stiletten i sin höjda hand förberedde han sig för nådastöten. Det var ett njutbart ögonblick och han hade längtat dit varje dag den senaste månaden. Han uppfattade aldrig personen som kom glidande på skidor i nerförslutet. Bo som gillade justa slagsmål höjde skidstaven och tryckte till mot Serpentos huvud. Olyckligtvis blev stöten hårdare än beräknat och det i samband med farten gjorde att skadan blev avsevärd. Ringen längst ner på staven dinglade i en hölja. Serpento stöp som en oxe. Inte ett ljud hördes från hans läppar. Don satt sig upp och betraktade Bo under tystnad.

»Dig känner jag inte igen,« sa Bo och betraktade olyckligt Serpento som låg helt stilla. Don log sardoniskt och pekade på offret i diket.

»Maffioso,« sa han och skrattade med blodet droppandes från näsan.

»Ja, han ser skum ut, sa Bo. En jävla maffiatyp, det såg jag på en gång. Veri bad,« sa Bo som bara behärskade ett fåtal ord på engelska och av naturliga skäl var mycket nervös just nu. Detta uppfattade Don så han reste sig och sa, maffia en gång till. Då ingen reaktion syntes hos Bo gick Don fram till bilen och öppnade bagageluckan. Han pekade på Serpento och sedan på bagageutrymmet. Då skrattade Bo, som hade sett många maffiafilmer. Han hade dessutom inget emot att den skadade mannen försvann snabbt från området.

»Help you Corleone,« sa han och spände av sig skidorna. Tillsammans baxade de in kroppen. I ärlighetens namn var det Bo som gjorde grovjobbet. Under tiden svor Don på italienska och det lät som musik i Bo's öron. Han hjälpte Don att vända bilen med hjälp av sin råstyrka. Det var visserligen halt på vägen men Don blev imponerad. Han gav Bo en klapp på ryggen och sa, »arrivederci«. Det ordet kände i alla fall Bo igen. »My name is Bosse om need help more time,« ropade han till den oförstående Don som redan satt sig i bilen. Snöfall och vind hade minskat och Don rullade ut på vägen med Serpento, återigen som ofrivillig passagerare. Bagen lade han i baksätet. Han gnolade på »o sole mio« under resan in mot Uppsala. En ide hade dykt upp och han kände själv att den var rätt. Han skulle lämna Leonardo, Lena och även Sverige ifred. Det var det enda vettiga. Hans bag låg i baksätet och han var fri att resa vart han ville utom kanske just till Italien. Nu siktade han i första hand på att komma till en bro och en sådan fanns, det var bara några mil dit, om han inte mindes fel. Serpento skulle dumpas.

Gustav Larssons tax skällde när de gick sin vanliga runda vid Sagån som inte frusit till på grund av den senaste veckans mildväder. Taxen som för övrigt hette Träff, var egentligen inköpt som jakthund för många år sedan, men visade sig vara skotträdd och numera bara sällskapshund till Gustav som var både änkling och pensionär. Jo, ett bra sällskap var han, en bra kamrat som aldrig klagade på någonting. De var bästa vänner helt enkelt. Sådant förstår vilken hundägare som helst. Det var vanligtvis en mycket tyst hund. Skällde ibland förstås, när hans känsliga nos fick vittring på något intressant. »Nå, vad är det nu du hittat«, sa Gustav och drog i kopplet när taxen stretade ner mot ån. Normalt hade Gustav avgått med segern men den här gången följde han med. Kanske var det för att det inte sluttade så mycket just här. I själva verket var det mest planmark. Det hade någon upptäckt tidigare och byggt en liten provisorisk brygga med plats för fiske för den som önskade. Gustav var inte fiskare men han tyckte om att ro så därför lade han särskilt märke till ekan som låg vid bryggan. Den låg i marvatten och skulle nog behöva lite omsorg för att kunna brukas till det den var avsedd. »Ja, jösses, vad man har rott i sina dar«, sa Gustav och stannade en bit ifrån den och funderade. Han hade jagat sjöfågel i sin ungdom och han gottade sig i minnet, men blev nyfiken och gick närmare för en ordentlig inspektion. Det var då han hörde ljudet. Det var svårt att identifiera men nog lät det lite som ett mumlande eller kvidande och han blev helt överraskad när han fick syn på ett bylte som delvis låg under bryggan och delvis på stranden. Träff hade slutat skälla och var mer intresserad av en grästuva vid vattnet där resterna av en död fisk låg. »Hallå,« sa Gustav och böjde sig ner intill byltet som visade sig vara en kropp. Ett gnyende blev svar på hans hallå och han tog tag i jackan och drog personen längre upp på land »Ja, du kan ju inte ligga i vattnet,«sa han mer till sig själv än till mannen. Jo, han såg att det var en man. Skäggstubben avslöjade honom. Mannen var skadad. Ena sidan av huvudet såg inte så vackert ut och han bestämde sig för att ringa på hjälp. I väntan på myndigheten tog han av sig rocken som han täcket mannen med. Efter en stund ångrade han sig nästan. Det var bara någon plusgrad. Han huttrade i kylan. Efter något som kändes som en evighet dök det upp en ambulans. Han tog resolut tillbaka rocken när två personer med bår uppenbarade sig.

Serpento hade en dröm eller kanske en mardröm. Han såg djävulen. Nu var det för sent att ångra synderna. Han visste att djävulen kunde uppträda i många former, färger och utseenden. I det här fallet som en hund. Han försökte säga något men det blev inget sagt. Kanske för att det var så varmt eller kallt. En brännande iskyla som sövde.

Det ringde under kafferasten och Mona svarade i telefonen. Hon vände sig till Hansson och Hult som satt och tittade på fotografier från rånet.

»Det är någon som ramlat ner i Sagån och vi är ombedda att ta en titt. Personen är skadad och ambulans på väg, sa hon och vände sig mot Hult.

»Det får du och Hansson ta hand om. Alfredsson är sjukskriven.« Hansson nickade och gick fram till tavlan med bilnycklar, tog en bulle från fatet i förbifarten och langade nycklarna till en överraskad Mona. Med lite tur och en akrobatisk rörelse lyckades hon fånga nycklarna.

»Jag kör,« sa hon, för att det skulle låta som hon bestämde. De klev ut från stationen iförda vinterkläder, tog sikte på bilen som stod parkerad utanför. Väglaget var ok och vägen bekant. Det tog mindre än 60 min. Hon hade inte följt hastighetsbegränsningarna noterade Hansson utan kommentar. Ambulansen var på plats och Mona tog fram kameran för dokumentation. En äldre man med en tax i koppel mötte upp och berättade att det var han som gjort upptäckten. Ja, egentligen var det väl Träff men den uppgiften lämnade han inte ut. Efter att ha lämnat sin redogörelse till polisen lämnade han platsen med Träff som ivrigt drog i kopplet, i riktning mot hemmet. »Fryser du också,« sa Gustav och skyndade på stegen. Träff skällde instämmande.

Den skadade personen var mörkhårig och höger sida av huvudet var skadat. På vänster hand syntes en tatuering som verkade fortsätta under jackan. Mona fotograferade, samtidigt lyfte räddningspersonal upp mannen på båren. De täckte kroppen i en foliefilt.

»Lever han«, sa Hansson?

»Pulsen är svag och oregelbunden, vi får skynda på nu,« svarade en av killarna. Hansson nickade. Ambulansen lämnade platsen med påslagna sirener.

»Han såg inte ut att vara av nordisk härkomst«, sa Mona när de satt sig i bilen. Hon tittade på bilderna i kameran och skakade sitt blonda hår olustigt.

»Otäck huvudskada! Man kan ju fråga sig hur han hamnat i vattnet? Han luktade inte alkohol i alla fall men nuförtiden finns det ju en jävla massa droger som kan ställa till det.« Mona nickade men gick i egna tankar. Det var lika möjligt att det var ett brott. I alla fall med den skadan. »Så otäck«!

»Vi åker väl en sväng upp till sjukhuset och ser om vi kan få något ur honom, en identitet vore en bra start.«

Jourhavande läkare meddelade att personen eventuellt skulle opereras. De var välkomna att gå igenom de klädesplagg han burit. De blöta plaggens fickor var tömda snabbt. På bänken framför poliserna låg en ansenlig bunt med sedlar. Mest euro, men även svenska sedlar. Ett italienskt körkort utställt på Guido Greco, hittades också.

»En italienare! Vad fan gör han här? Ja, där fick du rätt Mona, att han inte var av nordisk typ menade jag.« Hansson flinade och stoppade ner körkortet och pengarna i en plastpåse sedan tog han kontakt med Hult för att informera om fynden.

Kommissarie Hult gjorde en slagning på Guido Greco och hittade en efterlysning på interpool. »Jaså, minsann, en riktigt ful fisk! Misstänkt för både det ena och det andra.« Kunde nog passa med övervakning. Bäst att meddela kollegorna i granndistriktet. Inte vårt bord i alla fall.« Han lutade sig tillbaka i stolen och sträckte på benen. En kaffe nu skulle sitta fint. Kanske finns det något i kylen som passar till. Han reste sig och styrde mot kylskåpet. I en plastpåse låg det en bit torr sockerkaka. Han visslade medan vattnet rann genom filtret. Doften av nybryggt kaffe slår det mesta , tänkte han och fann en diskad kopp i diskstället. In genom ytterdörren kom Mona och Hansson som triumferande drog upp en plastpåse med pengar och ett körkort. Eurosedlarna räknades och man kom upp i den nätta summan av 3500 euro. Det blir väl sådär 35000 kr, sa Mona och försåg sig med en av kaffekopparna som stod på bordet. »Ska du ha?« Hansson gjorde en nekande gest och satt sig vid bordet. Magen säger nej, tänkte han och tittade på körkortet med Serpentos dystra anlete. »Lämnade ni något kvitto till personalen på sjukhuset?« Hult sörplade kaffe på fat och inväntade svar. »Ja«, sa Mona och tittade på Hansson som nickade. »Bra där«, sa Hult.

»Har inte din dotter träffat en italienare?« Mona tog en bit sockerkaka.

»Jo, men han tillhör en annan sort. Den rätta sorten!«

»Vad heter han i efternamn? Inte Greco hoppas jag,« sa Mona och tittade på körkortet som låg på bordet.

Hansson kom först inte på ett svar eftersom han inte visste vad Leonardo hade för efternamn. Det i sin tur gjorde att han rodnade lätt men det var det ingen som märkte. »Inte Greco i alla fall,« sa han och reste sig. Väl inne på sitt rum slog han en signal till sin dotter som kvittrade glatt i luren. »Jo, allt var toppen och Leonardo gick en kurs i svenska på SFI, i kommunens regi«. Hansson skulle just lägga på luren när han till slut frågade vad fästmannen hade för efternamn. » Varför det, sa Lena? Varför undrar du det?« Inte för något egentligen tänkte han men förblev tyst.

»Han heter Stacci! Nöjd ?«

»Jajamen«, Hansson nickade, och skrev ner namnet på ett block framför sig.

»Vi får se till att träffas och äta något gott snart. Det vore skoj.«

»Visst pappa, vi hörs till helgen.« Efter att ha funderat en stund gjorde han en slagning på namnet Leonardo Stacci, men hittade inget och pustade ut. Lite längre ner under det namnet, stod det Stefano Stacci. Där fanns det en del intressanta uppgifter som nu undgick Hansson, kanske för att han blev så lättad över avsaknaden av information om Leonardo Stacci.

Hansson hade fått en ide´. Lena hade ringt igen och bjudit honom på middag till helgen. Hon berömde Leonardo´s skicklighet i köket. Han hade lovat stå för matlagningen. Det skulle bli något italienskt, om han nu fick tag i alla ingredienser som krävdes. På väg till tjänstgöringen gjorde Hansson en utflykt och stannade vid uraffären för att kontrollera Rolexklockan. Den var grön! Ziia tog emot den, hämtade en lupp och några små verktyg. Efter en stund lämnade hon tillbaka klockan, vars sekundvisare nu rörde sig över urtavlan

»Inget allvarligt fel, bara underhåll. En sådan här klocka är mycket driftsäker men den behöver i alla fall omsorg och service, som alla mekaniska föremål.« Hon ville inte ta betalt men Hansson insisterade och hon tackade så mycket för sedeln. Hansson förklarade att det skulle bli en present till dottern och då föreslog Ziia en vacker inslagning.

»Jag har inte någon Rolexkartong men det kanske går bra med den här i stället?« Hon höll upp en liten ask, klädd med rött sammet. Hansson försäkrade att den skulle passa utmärkt och lade en till hundralapp på bordet. Ziias protester tystade han med ett leende.

»Er känner jag igen« sa hon. »Är inte ni polis? Var det inte ni som var här i samband med rånet?«

»Jo, det stämmer. Inget nytt än tyvärr. Hur gick det för Gabriel Ek? Var det inte så han hette, föreståndaren«?

»Jo och jag heter Ziia. Han är på benen men kommer tyvärr inte tillbaka. Men det kunde slutat väldigt olyckligt. Hoppas verkligen ni tar boven. Sådana personer ska inte vara ute i samhället.« Hansson höll med och lovade att informera om något nytt inträffade. Vi måste höra Bosse bus igen, men det är väl knappast han som är skyldig, tänkte Hansson när han efter ytterligare en stund lämnade affären.

Alfredsson hade återkommit i tjänst från sin sista sjukskrivning och hann knappt in på stationen innan Hult haffade honom och meddelade att patienten behövde bevakas. »Sålunda, sa Hult får du ta hand om uppdraget, du ska få lite mer info av Mona som har alla detaljer«. Därmed återvände Hult till sitt rum och stängde dörren framför näsan på Alfredsson som stod kvar och såg ut som en fågelholk. Han gick ut till receptionen där Mona satt och skrev en stöldanmälan. Den gällde fyra nya vinterdäck och diverse verktyg. Hon gnolade med i musiken från radion som knappt hördes. Hult ville inte att personalen skulle lyssna på radion, i alla fall inte i receptionen. »Det är inget disco vi driver här«, muttrade han. Mona tittade upp, överraskad, vred ner radion men upptäckte Alfredsson och suckade lätt. Hon tog fram ett kuvert ur en mapp och la det på disken.

»Här står allt du behöver veta, Hansson kommer förbi kl 06 imorgon och löser av.« Alfredsson ögnade igenom lektyren, muttrade något om övertid och lämnade stationen. Klockan var 14.05. Han skulle hinna hem, äta middag, byta kläder och få en tupplur. Uniform var inte aktuellt enligt instruktionen. Han skulle vara på plats kl 22.00. Åtta timmars nattvakt! Han svor så det osade när han satt sig i bilen och återvände hem.

Regionssjukhuset var litet och mer eller mindre obekant för honom, men en sköterska lyckades han hitta, fast timmen var sen. Han följde efter henne in i en lång korridor. Rummet låg i halvdager och hade bara en patient. Sköterskan som enligt namnskylten hette Karin visade honom på en stol i korridoren, varifrån han kunde utföra sin bevakning. Han provsatte stolen som var av pinnstolmodell och grimaserade. Här skulle det bli träsmak inom en timme.

»Du kan sitta inne hos patienten om du vill? Bekvämare stolar där,« tillade hon när hon såg hans frustration. Han nickade, gick in i rummet och betraktade Serpento som låg på rygg med slutna ögon. Andningen var svag. Ett bandage täckte höger öra och en del av halsen. Jaha, vilket jävla skitjobb man åker på och det direkt efter en sjukskrivning. Han misstänkte att han inte var så populär hos kommisarien. Det var väl den där olycksaliga anmälan om hittelön som spökade. Han betraktade Serpento med avsmak. Han tog med en av stolarna och gick ut i korridoren och satte sig. Nja, inte så tokigt ändå. Han hade fått syn på en kaffeautomat längre ner i korridoren. Man kanske kan få sig en smörgås också? Blicken irrade iväg mot en öppen dörr där det hördes röster. Han reste sig gick fram och kikade in i rummet. Karin tittade upp och log.

»Ja, vi kan nog ordna en smörgås till ordningsmakten, eller var det kanske något annat du ville?« Lite häpen blev han. Kunde man läsa honom så lätt?

»Nja jag ville egentligen fråga om status på patienten men en smörgås eller två, säger jag inte nej till.«

»Patienten kommer inte att ställa till med några problem i första taget. Skinka eller leverpastej?«

»Ja tack,« sa han och smilade.

»Automatkaffet är slut men jag har äkta vara om en stund.« Hon log igen och han återvände till stolen. Det måste väl finnas ett dagrum med tv? En kort promenad avslöjade att så inte var fallet. Han var uttråkad, tiden gick långsamt och tristessen var påtaglig. En bit från stolen stod en tvåsittssoffa med ett litet satsbord. Där sjönk han ner med en trött suck. Klockan var 23.30. Någon knackade honom på axeln och han ryckte till som stungen av ett bi. Hade han nickat till? Karin ställde ner en kopp kaffe med smörgåsar på bordet.

»Drick kaffet nu och pigga på dig«, sa hon, med vad han tyckte, en lite snipig röst. »Tack! Ingen fara med mig. Drömde mig bort en stund bara.« Han skuggboxade lite i luften för att illustrera hur pigg han var.

»Jag jobbar ofta natt och har inga problem med att hålla mig vaken, så du vet,« avslutade hon. Han visste inte riktigt hur han skulle tolka det så han bara nickade och tackade igen för besväret.

Karin hade blivit avlöst klockan 05.30. Hon vinkade hej och försvann. Alfredsson hade varit vaken hela natten, eller hade han det? Han hade gärna frågat henne men frågan var pinsam och jo, han hade kanske nickat till några minuter. Hansson skulle dyka upp när som helst. Bäst att kontrollera objektet. Sagt och gjort. Han öppnade dörren och kikade in. Patienten låg där men verkade ha vridit sig en aning. Ansiktet var bortvänt ifrån honom men bandaget syntes tydligt. Han stängde dörren tyst och satt sig på stolen. Nickade till igen förstås och så plötsligt en hand på axeln.

»Sitter du och sover«? skrattade Hansson som såg ovanligt fräsch ut. Han hade tydligen börjat använda »after shave« också. Alfredsson tyckte den stack i näsan på ett mindre angenämt sett.

»Ska du på dans«? pikade han men kommentaren passerade obemärkt.

»Var finns föremålet för vår bevakning, kompis?«. Det sista med eftertryck! Han ångrade den onödiga kommentaren om rakvattnet och pekade i stället mot rummet där Serpento låg. Hansson öppnade dörren och gick in. Alfredsson samlade ihop sina pinaler och skulle just gå, när Hansson kom utflygande som en furie.

»Är det rätt rum? Det finns för fan ingen där! Det är tomt som plånboken i januari«. Alfredsson bleknade.

»Du skojar«, sa han med osäker röst.

»Kom då för helvete! och titta om du inte tror mig«. Alfredsson öppnade och gick in. I sängen låg ett täcke, under det, kuddar och filtar. Där huvudet skulle ligga, låg några dasspapper-rullar omlindade med ett bandage

Hansson ringde sin dotter och meddelade att middagen tyvärr var inställd. De hade fått problem som måste lösas snabbt. Han var hemskt ledsen men det fanns inte mycket han kunde göra. Som vanligt lovade han att ringa så fort det lugnat ner sig. Det var egentligen ingen större skada skedd. Leonrdo hade inte hunnit handla än, men det sa hon inte.

»Du är hopplös pappa«! Hansson höll till viss del med men påpekade också att om han valt ett annat yrke hade saker och ting varit enklare.

»Vi har en brottsling på rymmen och det går inte att bortse ifrån«.

»Se till och ta honom då pappa.« Hon la på. Hult anlände med Mona i släptåg. Att han var upprörd var lätt att se. Ansiktet högrött, pannan svettig och gesterna yviga. Alfredsson hukade lätt inför anstormningen som uteblev. I stället delade Hult ut order till höger och vänster. Taxi, bussar, tåg, cyklar, bilar. Alla möjligheter till flykt skulle kontrolleras. Mona ringde Karin ,som hade varit nattsköterska den kvällen, och Hult tog med Alfredsson för en grundligare koll av rummet. Hansson fick sätta sig vid telefonen. De två poliserna vädrade som två spårhundar efter någon form av ledtråd som kunde avslöja något om hur patienten hade lyckats gå upp i rök. Vad som framkom var tunt, ja i själva verket hittades ingenting av värde. Hult lyssnade på Alfredssons redovisning och när Mona redovisade sitt samtal med Karin fanns inte mycket kvar att dryfta om. Rummet som låg på andra våningen, hade en ingång och ett fönster. Patienten var klädd i sjukhuskläder. Det var kallt ute. Onekligen var det ett mysterium.

»Han kanske inte har lämnat sjukhuset, sa Alfredsson mest till sig själv.« Hult tittade upp.

»Ok, vi får se till att ordna fram mer personal. Det skulle inte skada med en hundpatrull. Kan du ringa granndistriktet och höra dig för?« Alfredsson nickade och tog fram mobiltelefonen. Några timmar senare kom förstärkning i form av en hundförare i sällskap av en svart schäfer som lystrade till namnet Pix. Därmed var saken avgjord och Serpentos öde beseglat. Han hittades i pannrummet, där han förgäves försökte gömma sig bakom värmepannan. Den vita sjukhus-särken var nu dammig och hade fläckar i olika nyanser. Han sträckte upp händerna i luften,

helt spak. Han var hungrig, hundrädd och hade yrsel. Det verkade näs-
tan som han blev glad att bli funnen. Han blev transporterad till häktet
där han också blev toppsad, vilket man tidigare inte hunnit med. Rånet
i uraffären var trots allt olöst.

MIDDAGEN/24

Hult överraskade med semlor vid 3-kaffet. Han var på ovanligt bra humör. Allt hade ordnat sig till slut. Alfredsson fick beröm fast han kanske inte riktigt förtjänade det. Allt var således frid och fröjd när telefonen ringde.

»Det är till dig Hansson, Lena på tråden«, sa Mona.

»Bra pappa! jag hörde på nyhterna att ni tog boven. Grattis! Då blir det middag imorgon. Nu måste du komma, inga undanflykter tack!«

»Klart jag kommer, sa Hansson. Det ska bli jätteroligt. Kramar så länge!« De njöt av semlorna och kaffet som var starkt.

Nej, sa Hult, dags för rapportering.« Därmed gick alla iväg till sitt, utom Mona som gick ut i receptionen. Hon vred på radion tyst och slickade bort en gräddklick från överläppen. Klockan närmade sig 17 och hon tog fram handväskan för att leta efter en pappersnäsduk. Hansson vinkade hej när han visslande passerade henne. Hult och Alfredsson skulle stanna några timmar till. Stationen var obemannad efter kl 20 vissa dagar. Det var frostigt i luften, minus 10 grader och snön knarrade under klackarna... »*Där går en här som frös och svalt men segrade ändå*«, nynnade han när han låste upp bildörren. Bilresan hem gick på ett kick. Asken med klockan låg på köksbordet. Han bestämde sig för att köpa en blombukett att ta med. Det skulle bli extra festligt.

Leonardo hade gjort en egen tomatsoppa som förrätt. Till huvudrätt var det något som Hansson trodde kunde vara kalvkött. Det smalt i munnen. Efterrätten var en mycket god Tiramisu. De småpratade under måltiden och drack ett italienskt rödvin. Hansson hade dock föredragit öl om han fått välja. Lena hade ställt rosorna på bordet och de passade bra till den fina dukningen. De hade riktigt trevligt och han förstod varför dottern fallit för Leonardo. Han var en påtagligt intelligent, ung man. Han kunde redan prata en aning svenska, vilket i sig var imponerande.

»Nu ska vi se«, sa Hansson och tog fram asken som han räckte över till Lena. Hon öppnade den långsamt och när klockan blev synlig flämtade hon till.

»Men är du inte riktigt klok du? en sådan fin... pre .pre...present.« Hon bleknade, tog upp den, vände och vred på den flera gånger. Leonardo hajade till, tog en titt på klockan och nickade. »Belissimo«! Han såg också tagen ut. Det blev tyst en stund och Hansson kände att något var fel. Han visste inte vad det var, men för att släta över det hela började han berätta om de sista dagarnas arbete på stationen. När Hansson lite senare lämnade middagen var han i alla fall belåten, men hade en konstig känsla i magen.. Leonardo och Lena satt under resten av kvällen och diskuterade klockan. Leonardo var nästan säker på att det var samma klocka han lämnat till Lena i Italien. Det kunde förstås kontrolleras. Klockan kunde identifieras. Den stora frågan var hur klockan hade hamnat hos hennes pappa. Leonardo anade hur det låg till. Om det var Lenas klocka så hade den nu i alla fall kommit till rätt ägare. Den saken var klar.

Det var fortfarande kallt, bortåt 14 minus men några ivriga talgoxar försökte gnisslande berätta att våren inte var långt bort. Hansson hade åkt upp till »Bosse bus« för att ha ett samtal mellan fyra ögon. Bland annat handlade det om ett rån i en uraffär men även om stölden av en moped. Samtalet var över lika fort som det börjat. Bo kanske hade alibi dagen då urmakaren rånades. Åtminstone verkade det så. Det skulle förstås kontrolleras. Mopeden hade han fått låna.

»Det var säkert som amen i kyrkan,« kanske mopedägaren hade miss-uppfattat allt? Det var bara och ringa honom, vilket Hansson lovade att göra och det redan samma dag. Eller inte. Han hade ju redan talat med mopedmannen tidigare och där framgick inget om något lån, såvitt han kunde erinra sig.

»Har du kollat maffian«, sa Bosse bus plötsligt.

»Vadå maffian?.«

»Här springer det många skumma typer.«

»Är det något du vet? får du gärna informera mig.«

»Mopedmannen« berättade att en italienare blivit upplockad ur Sa-gån«.

»Jasså du?« Det var bara det att tidningen inte skrivit om någon *Italie-nare*. Det var Hansson säker på eftersom han och Hult hade diskuterat innehållet i artikeln med en journalist och då poängterat att det inte skulle stå något om mannens ursprung. Det hade stått *av utländsk här-komst* som enda information. Då Hansson påpekade detta, trodde Bo i alla fall »att mopedmannen sagt så.«

På stationen signalerade Hult att han ville ha ett extra möte. Vad det skulle handla om, sa han inte, men när Hansson dök upp samlades de i receptionen. Han läste högt från en utskrift. Han harklade sig.

»De hade nämligen rört på sig. Både vad det gällde herr Guido Greco, mannen från Sagån men också tanden som hittats i BMW;n. Italienska polisen och Interpol hade en efterlysning på herr Greco och det förelåg inget hinder för en transport/utvisning till Italien. Det fanns nu en Dna-profil från tanden i BMW;n och man hade arbetat med att försöka härleda den. Svårt och tidskrävande. Det gav till slut frukt. Enligt fo-renciska labbet i Linköping tillhörde tanden en viss herr Guido Greco.

Hult tittade upp för att se att alla var med. De satt knäpptysta, lyssnade, nickade och gapade stort. Särskilt det sista väckte intresse. Hansson stelnade till lite, när BMW;n omtalades. Han hade försökt förtränga den. Var fanns den nu? Han hoppades den var skrotad. Vem var ägare till Rolexklockan? Han kanske skulle bli tvungen att lägga tillbaka den i bilen. Då måste han i så fall stjäla den från sin dotter. Hur skulle det gå till? Han satt i djupa tankar när någon knackade honom på axeln. Han ryckte till och tittade upp. Hult hade ställt en fråga.

»Ursäkta, jag irrade bort mig.« Hult harklade sig igen.

»Det jag sa, var, att vi ska vara behjälpliga vid transporten av herr Greco till polisen i Palermo. Jag har föreslagit att du är ledsagare på den resan. Normalt är vi två personal vid en utvisning men Herr Greco kommer vara försedd med handbojor och hans nuvarande fysiska tillstånd inbjuder inte direkt till problem. Vad jag menar är att risken för strul under resan är lika med noll.« En flygresa i tjänsten kunde vara ett trevligt avbrott i vardagen, speciellt då de aldrig tidigare frågat honom, men just nu kände sig Hansson villrådig. Något han inte ville visa. Därför nickade han några gånger och såg eftertänksam ut.

»Blir bra det«, avslutade Hult.

Affektionsvärde/26

Flygresan till Palermo var inget som undgick Lena. Hansson visste inte hur hon fått reda på det men det hade mindre betydelse eftersom han hur som helst hade tänkt att berätta det. Leonardo blev också intresserad när han hörde att färden skulle gå till Palermo. Det fanns föremål i villan som han gärna skulle återse. Kunde Lenas pappa åka dit kanske? Frågan var om någon hade övertagit huset? Han beslöt att ringa sin mamma för att höra om hon visste något.

»Om det är grönt tror jag nog pappa kan hämta dina grejor,« sa Lena utan att tveka. »Vad är det som är så viktigt då?«

»Betyg från genomgångna kurser på Universitetet, fotografier, dina brev, andra minnen som min gamla nalle, förstås«. Han blinkade, »den är lite sliten men kan duga till nästa generation också, om du förstår vad jag menar.«

»Gulligt!« , sa Lena och gav honom en puss. Han samlade ihop lite växel för att gå ut och ringa mamma Gina i Varese. Han föredrog telefonkiosken framför mobilen. Det var inte ofta han ringde henne men hon blev lika glad varje gång, även om samtalen inte varade så länge. Han hade skrivit brev tidigare och skickat med foton på Lena. De hade kontakt, även om det tenderade att gå längre och längre tid mellan samtalen. Familjen var spridd och det var maffians, eller hans fars fel. Egentligen bara faderns. Han undrade var Don fanns? Levde han? Han hade i alla fall inte besökt huset i Näs. Det hade Lena berättat. Telefonkiosken var ledig, som den oftast var nuförtiden. Han matade i några kronor och stod beredd med ytterligare mynt att mata på. Under samtalet fick han bland annat reda på att villan i Palermo verkade vara övergiven. Det hade i alla fall inte märkts av något liv under de få gånger hon varit där. Hon berättade också att Don hört av sig.

»Det verkar som din pappa, tänker återvända hem. Visste du det?« Nej, han hade inte hört något och den nyheten oroade honom. »Kramar, nu måste jag sluta. Var rädd om dig nu Leonardo Stacci!« Han sa hejdå, suckade, la på luren och stod en stund och funderade. Det knackade på glasrutan till telefonkiosken. Utanför stod mopedmannen, han verkade lite hetsig. Hade väl bråttom. Leonardo återvände hemåt med tunga steg. Lena hade ingen framgång hos sin far. Han backade direkt

när hon föreslog en utflykt till villan i Palermo. Hon hade hoppats lite
för mycket men förstod att han inte kunde hjälpa till. Hon stoppade ändå
ner ett litet kuvert med adressen till villan i hans kavajficka. Leonardo
blev inte så besviken. I alla fall trodde hon inte det.

»En annan gång,« sa han bara och kramade om henne.

Italienska polisen hade mött upp vid ankomsten. Eftersom Hansson/Greco satt längst bak i planet fick de vänta till de flesta passagerare hade gått av. Det tog sin tid. Hansson hade inte bråttom, han skulle inte resa tillbaka förrän nästa dag. I själva verket tyckte han det var lite stimulerande. Det var inte ofta han varit utomlands i tjänsten. Han hade varit i Finland vid ett tillfälle men det räknades knappt som utomlands enligt hans sett att se på saken. Nu var han i Palermo och det var något helt annat. Trots att det var februari var det ljumt i luften, som en svensk sommardag. De var väntade. Det stod en polisbil utanför planet och efter att skrivit på och kvitterat några dokument var han fri från herr Greco och kunde gå in i terminalen. Väl där upptäckte han nycklarna till handbojorna i fickan,. »Jävlars«! han tänkte vända om men ångrade sig. Italienska polisen hade nog resurser för att få av bojorna ändå. Sedan mindes han vagt att någon av poliserna faktiskt hade befriat herr Greco från bojorna. Han lugnade ner sig och fortsatte fram genom terminalen. Passet visade han upp för en sömnig tulltjänsteman, som nickade till av trötthet eller var det ett klartecken att han kunde fortsätta mot bagageutlämningen. Han antog det senare och gick vidare. Han skulle leta upp ett hotell efter Leonardos anvisningar men först skulle han ta en flygbuss mot centrum. Resan skulle ta ca 40 min med bil. Det borde bli ca 60 min med buss, beroende på antalet hållplatser. Under bussresan sorterade han lite information som han snappat upp om Palermo. Ett svart anteckningsblock i A6 storlek innehöll intressanta uppgifter både rent turistiskt men även polisiärt. Öns historia har varit präglad av krig, invasioner och en förtryckt befolkning. Även under spanjorernas tid, då kyrkans inkvisition regerade med ett skräckvälde. På torget Piazza Marina med sina många uteserveringar ligger Palazzo Steri som hyste en av inkvisitionens domstolar, med fruktade fängelsehålor. När man läser om Palermos etniska historia öppnar sig en intressant lucka. Kring år 1000 levde muslimer och judar här tillsammans med de kristna i fred och ömsesidig respekt. Palermo är och förblir fortfarande Italiens mest multietniska område.

Det skakade till. Bussen hade stannat vid ett torg. Han tittade upp från sitt anteckningsblock. Passagerarna lämnade bussen en och en och till slut stod han ensam på det lilla torget. Bussen rullade iväg. För att vara inne i en stad, var belysningen väldigt dålig. Han såg ingen restaurang i närheten som var öppen. Järnjalusier täckte fönstren på affärerna runt torget. Det var nästan ödsligare än hemma. Han plockade upp kartan för att försöka hitta hotellet.

Det var svårt att dumpa kroppen i ån. Att få den över broräcket verkade ogörligt så han parkerad efter brofästet och släpade, ömsom drog Serpento ner till brinken. Om någon hade kommit under den fasen hade han onekligen fått problem, men lyckan står den djärve bi, som man säger. Åldern tar i alla fall ut sin rätt. Hjärtat slog dubbelslag och svetten rann i floder, andhämtningen var desperat. Don hade varit hyfsat tränad tidigare, men det var före alla goda middagar och tv-kvällar i soffan. Nå, han hade i alla fall visat att han fortfarande var en kraft att räkna med. Han hade räckt lång näsa åt »Bossen« och andra fd partners. Han skrattade till. Det fanns en viss komik i det hela.

Palermo hade spökat i hans huvud den sista tiden. Egentligen var det väl mest bostaden det handlade om. Han skulle behöva göra ett besök där. Hämta en mikrofilm. Han hade aldrig litat på kassaskåp eftersom han var i den branchen, där man då och då tömde sådana och då företrädesvis, utan nyckel. Det var betydligt tryggare att använda sig av andra alternativ, i det här fallet en leksak, en gammal nalle. I en liten ärgad patronhylsa fanns en microfilm insydd i nallens huvud. På filmen fanns ett virrvarr av siffror och tecken, oläsbart för de flesta men för en bankman i Schweiz var det fullt läsbart. Där fanns också en försäkring i form av foton och dokument rörande affärer som »Bossen« hade gjort. Nu var det Don Staccis livförsäkring och han behövde den nu, när han skulle återvända hem. För att ta ta tjuren vid hornen. Leonardo var i säkerhet nu och det var det viktigaste.

Efter en flygresa på 3 timmar och därtill hyrbil i en timme befann han sig nu i en liten stad vid Messinasundet. Iden att börja ett nytt liv i Europa någonstans hade han förkastat. Det var i Sverige, han förstod att han inte kunde fly från sig själv och sin historia. Han var tvungen att ta kontakt med sin affärspartner från förr. Mannen som hade gett Serpento uppdraget. att likvidera honom. »Bossen« närmare bestämt. En neutral mötesplats var bestämd. »Bossen« hade föreslagit villan och Don Stacci hade inte motsatt sig det. Om han nu skulle överleva det mötet behövdes garantier. Mikrofilmen var därför viktig. »Bossen« var informerad om innehållet i nämnda film. Bäst att stämma i bäcken.

Hotel Ariston låg nära centrum och hamnen i gamla stan. Det var ett litet, relativt billigt boende med en inredning i art- deco stil. Portieren hade som Hansson upptäckte senare, en allt- i- allo roll. Den kvällen Hansson anlände stod han i receptionen och efter att ha fått lite uppgifter samt Hanssons pass, tog herr Mirelli, som han hette, hand om resväskan och gick iväg med Hansson i släptåg. Rummet var litet och möblerat med en dubbelsäng, ett nattduksbord, en stol, en garderob och ett litet kylskåp som tillfälligt? var ur funktion. Dusch fanns i korridoren. Utsikten mot innergården var inte mycket att skryta över. Ett litet skjul med några soptunnor och en rostig cykelram Det var allt.

Han la sig men hade svårt att somna. Någon spelade musik på avstånd och han försökte komma på vad det var. Eros Ramazzotti, eller? Det small någonstans. En dörr eller kanske en taklucka. Han vände på kudden och somnade till slut om. Sov gott.

Duschen fungerade. Han kände sig pigg. Efter en minimal frukost var han beredd att upptäcka Palermo. På väg ut mötte han herr Mirelli, i full färd med att bära in öl-backar. Han nickade vänligt. Hansson klev ut i solskenet, beredd på att få turista sig genom Palermo. Först ville han besöka Palermos katakomber, det också, efter ett tips från Leonardo. Han orienterade sig på en medhavd karta och såg att det var en promenad på ca 40 minuter. Det var mycket folk ute och även trafiken var intensiv. Det kom en spårvagn från ingenstans och Hansson klev ombord. Eftersom han inte visste vart den skulle, kändes det lite spännande. Biljetten, som han inte hade skulle stämplats i en automat. Han låtsades som ingenting men njöt av miljön och folklivet. Efter några hållplatser gick han av, då han upptäckt att han antagligen var på väg åt fel håll. Ett glasstånd i närheten fångade hans uppmärksamhet. »Italiensk glass,« var ju berömd! När han letade i kavajfickan efter pengar fick han upp ett litet kuvert med en adress. *Via S Dominici Savio 4.* Inget mer. Han funderade en stund och plötsligt gick det upp ett ljus. Lenas fråga till honom om hämtning av vissa föremål i Leonardos hem. Han hade sagt nej, men tog ändå upp sin karta för att lokalisera adressen. Det var inte långt bort. Buss nr 462 var aktuell i så fall. Villan låg nära ett Carabinieri, en polisstation. Kändes tryggt? Han tänkte efter om det fanns någon möjlighet?

Vågade han göra ett försök? Han ville gärna hjälpa Lena och sin blivande svärson. Dessutom tilltalade det hans detektiva ådra. Katakomberna kunde vänta. Sagt och gjort. Hansson letade upp busshållplatsen och inväntade bussen. Han hade turen att hitta en kiosk i anslutning till hållplatsen och kunde köpa reskuponger. Han ställde sig bland resenärerna vid hållplatsen och väntade. Något kösystem verkade inte finnas. Det fungerade bra ändå. Bussen var i det närmsta full och med viss möda trängde han sig fram i gången och fick tag i en takstropp. Resan var kort. Hållplatsen låg nära adressen och han närmade sig huset i lugn takt. Huset var av enplanstyp med en gles trädgård,, allt inramat av en låg vit mur i kalksten. Grinden var öppen och gårdsplanen full med folk. Det ropades och gestikulerades. Hansson hade hamnat mitt i en auktion som verkade närma sig slutet. Folk började lämna platsen. Hansson gick in på gårdsplan utan att väcka något större intresse.

Auktionsförrättaren höll en sliten nallebjörn högt i handen. »Orsacchiotto profumato di pipì«(kissdoftande nallebjörn) skrattade han och viftade med björnen. Hansson hajade till, fick upp en eurosedel kvickt som tanken. Spridda skratt hördes men klubban föll och Hanssons sedel bytte plats med björnen som hade en svag doft av urin. Han fick en plastpåse som han stoppade ner björnen i. Glada skratt hördes... Hansson log när han förstod att han var centrum för uppmärksamheten. Hans glädje hade kanske mer att göra med den osannolika tur han haft som nu resulterat i att han av en slump faktiskt fått tag i ett av de efterfrågade objekten från villan. Leonardo och Lena skulle bli glada. Herr Mirelli nickade vänligt när han passerade receptionen.

Som vanligt led han av tidsbrist. Det hade varit förseningar över Messinasundet pga en trasig färja. För att hinna fram till villan i Palermo och mötet med »Bossen« hade han bråttom. Han körde fort. För fort. En trafikpolis hade blivit 100 euro rikare och han själv motsvarande summa fattigare. Han svor när han körde in på *Via S Dominici Savio 4* och närmade sig villan. Han svor ännu mer när han upptäckte att det var folk utanför huset. Vad i helvete pågick? En auktion var precis avslutad. På ett plakat vid grinden läste han **Asta Esecutiva, annuncia l'ufficiale giudiziario...**längre orkade han inte. Kronofogden hade lagt beslag på fastigheten. Hur det gått till var inte så svårt att lista ut. Han ringde »Bossen«. Automatrösten meddelade att numret hade upphört. »Bossen« hade aldrig haft planer på ett möte. Han hade lämnat en sista hälsning, med hjälp av myndigheterna och skrattat sist. Skrattat bäst? Lite underligt var det ändå. Allt klarnade lite senare under dagen när han läste en dagstidning om en viss domare. Giovanne Falcone som hade rört om i »maffia grytan.« Många hade fått sig en funderare, kanske blivit rädda? Nej, maffian kunde man inte skrämma påstods det. »Bossen« hade i alla fall gått upp i rök. Hans mobil var död...automatrösten igen, som meddelade att numret upphört.

Han undrade om han behövde vara orolig. Han undrade också vem som ropat in hans hus och bohag på auktionen. Det gick förstås att ta reda på. Kanske Gina visste något eller någon av hennes otaliga väninnor? Han ringde upp henne. Ja, hon hade lite nyheter och lovade att ringa upp inom en kvart!

Så hade han då lite mer tid, trots allt. Vad han nu skulle använda den till. Han hade i själva verket ingen aning. Var skulle han nu ta vägen? Allt var ett stort frågetecken. Han kände sig förvirrad. Det drog lite i en muskel över bröstet. Hjärtat? Det fick inte hända nu, Jesus Maria snälla, låt det inte hända något nu. Han letade upp hyrbilen och sjönk ner på sätet. I handsfacket fanns en medicindosett. Han tog två piller i olika färger och sjönk tillbaks mot sätet. Pustade lite. Mobilen ringde. Gina hade en del att berätta om en hotellgäst och auktionsbesökare. Allt enligt en väninna som varit där. **»Han är en svensk polis!«** har bott på Hotel Ariston, men precis lämnat det. Hansson var namnet. »Leonardos

flickvän heter Hansson, Lena Hansson! Hennes pappa är polis«. Gina
undrade om det fanns många poliser i Sverige som hette Hansson? Don
hade inte träffat Lenas pappa personligen men han hade sett ett foto på
honom. Frågan var vad han gjorde eller hade gjort i Palermo? Om det nu
var Lenas pappa? Mycket underligt faktiskt. Han avslutade samtalet med
Gina, ringde Hotel Ariston och pratade med en trevlig man vid namn
herr Mirelli. Enligt denne Mirelli var Hansson på väg ut till flygplatsen
och ja, han hade tidigare under dagen kommit in från en auktion. Hans-
son hade förklarat att han av ren slump hade hamnat där, så mycket hade
herr Mirelli förstått. Dessutom såg det ut som han hade en nalle med sig
när han återvänt till hotellet. Don log, tackade och tryckte bort samtalet.
Han startade bilen och körde mot flygplatsen. Han önskade att han haft
mer tid, att hjärtat skulle lugna sig, att bilen varit utrustad med blåljus.
Han höll inne en svordom. Jesus Maria...

Hansson hade fått tag i nallen. Hur fan hade det gått till?

Nallen luktade svagt av urin den saken var klar. Han tog fram ytterligare en plastpåse och stoppade ner björnen i den och till slut i resväskan. Nöjd, gick han ner till receptionen för att logga ut. Herr Mirelli skrev ett kvitto och tackade för besöket.. Han önskade Hansson lycka till på resan, ringde en taxi och hängde upp nyckeln, allt i samma andetag. Ett under av effektivitet. Hansson tog resväskan i ena handen och gick ut på Via Mariano S. Bakom sig hörde han telefonen ringa. Mirelli lyfte på luren.

Taxin kom.

Hansson luktade diskret på sin kavaj när han satt sig i baksätet. Färden varade ca en kvart. Då, utan förvarning... En bil kör upp jämsides med taxin. Föraren vinkade med en polisspade och taxin stannade. »Va fan nu då«? Hansson lutade sig fram mot chauffören. »Polizia, polizia,« sa denne uppgivet och slog ut med händerna. Hansson var på väg ut ur bilen men hejdades av polisen? »Controllo del trafico«, sa han och lät Hansson se en skymt av något som kunde vara en polislegitimation och en Beretta som satt i ett axelhölster. Polisen var en äldre man, i civla kläder och haltade lätt. Hansson suckade men fann sig. På order av polisen öppnade taxichaffisen bagageluckan, återvände därefter till förarplatsen och slog återigen ut med armarna i en uppgiven gest. Polismannen undersökte bagaget men återkom efter en stund. Scusa, scusa... avanti! Han gjorde en slarvig honnör, gick bort till sin bil och körde iväg utan vidare förklaring.. Hansson gick ur taxin, öppnade bagageluckan och betraktade bagaget. Resväskan var öppen. Nallens huvud var uppsprättat. Stoppningen tittade fram. Han lade tillbaka björnen i väskan. Han bad chauffören fortsätta, ville inte missa flyget. Hansson funderade. Skadan på nallen hade åsamkats av polisen. Varför? Vad letade han efter? Om det hade varit i Sverige hade han krävt en förklaring av »polismannen« som antagligen inte var mer polis än Bosse bus. Föraren nynnade på någon schlager som skvalade i radion. Händelsen hade tydligen inte påverkat honom? Det kanske var vanligt att bli stoppad av civilpoliser här? Det var något bekant med den där polisen tänkte han, men kunde inte sätta fingret på det. Väl framme på flygplatsen gick han igenom resväskan noga. Han ville inte att tullen skulle hitta något som inte han packat ner själv.

Passkontrollen gick smidigt och han behövde inte vänta så länge vid gaten. Hansson hann ringa både Lena och Hult innan han gick ombord på planet mot Sverige.

Don Stacci var orolig i magen. Efter toabesöket hade han upptäckt blod på dasspappret... igen. Det hade börjat tidigare och han mindes inte exakt när och var? Antagligen när han hade varit i Sverige. Ett läkarbesök verkade ofrånkomligt. Det var inte det att han misstrodde läkarexpertisen men han hade ingen bra erfarenhet av sjukhus. Eller var det så? Det var inte ofta han besökt vården. Ja, det skulle vara den sista infarkten. Ungefär för en månad sedan. Läkarna och sköterskorna hade varit hyggliga vad han kom ihåg. Men ändå. Nu var det så påtagligt. Blod hade han sett förr men då kom det oftast från någon annan. Han muttrade lite och flyttade om några papper på skrivbordet. Han hade egentligen satt sig vid skrivbordet för att googla på »blod i avföringen«, men han tappade motivationen och började i stället klottra på ett av de lösa arken. Han tittade i taket och dåsade till. I bakgrunden hörde han att rusningstrafiken hade kommit igång. En ambulans for förbi och sirenen fick honom att rycka till. Han skulle just stänga fönstret när mobilen ringde. Han hade gjort sig av med sin gamla telefon, det hade varit väldigt få samtal på den nya. Några sms hade han skickat till Sverige men det var först nu Leonardo hörde av sig. Lena var gravid! Om det blev en pojke skulle ...Plötsligt bröts samtalet och hans mobil tystnade. Batteriet var urladdat. Han förbannade sig själv men satt in laddkabeln och lutade sig tillbaka i stolen och suckade. Ett leende ryckte i mungiporna . Resan tillbaka till Palermo hade kanske varit ogenomtänkt, men nu kändes det inte så. Hans snabba ingripande mot taxin och turen att få tag i microfilmen övertrumfade det mesta i fråga om adrenalinkickar. Skrattar bäst som...«Bossen« hade gått upp i samma rök som hans boende i huset på *Via S Dominici Savio 4* . För ett par dagar sedan hade en kallelse kommit till hotellet om att vittna i ett mål som han inte kände till men med en viss fantasi kunde han ana vad det handlade om. Portieren på hotellet hade lämnat den under eftermiddagen, utan kommentar. Det var underligt att myndigheterna fått nys om hans boende. Tidningarna hade för en vecka sedan basunerat ut att det största målet mot maffian på år, skulle äga rum. Någon hade brutit »omerta« för att rädda sitt skinn och få ett nytt liv i anonymitet. Han undrade vem det kunde vara, som så frivilligt skrev under sin egen dödsdom? Han gäspade och stängde fönstret och det enda ljud som hördes nu var från grannen i rummet intill. Sedan blev allt tyst. Lite märkligt tyckte han eftersom det var ett förhållandevis stort hotel. Jag ska bli farfar. Fantastiskt egentligen. Han öppnade minibaren för att fira den glada nyheten. Han undrade vilket kön det skulle bli och kom fram till att det egentligen var egalt, bara det blev en pojke.

Åklagaren hade lånats in från fastlandet. Ingen överraskning. Det var en av de större rättegångarna mot maffian hittills. De åtalade satt bakom pansarglas, ett tiotal ansikten, varav en handfull, han kände igen. Don var inkallad som vittne men till vad, visste han inte riktigt och det kändes olustigt. Ja, hela situationen var olustig milt sagt. Han fick ögonkontakt med «Bossen» en av männen bakom pansarglaset. Han kanske skulle få sista skrattet? Det kändes skönt att vara på rätt sida av glaset. Början av vittnesförhören utvecklades till något som liknade en fars. Det var egentligen inte roligt men många av åhörarna tyckte tydligen det. Domaren äskade tystnad. Åklagaren kallade in Guido Greco/Serpento, som för dagen såg blek och tunn ut.

Å: »Känner du igen mannen som sitter framför dig?«

Åklagaren pekade mot Don som betraktade Serpento i ögonvrån. Serpento himlade med ögonen en stund, reste sig sedan plötsligt och höll ett anklagande finger mot männen bakom pansarglaset. « Det är dom som beordrade mordet på Don Stacci. Det var därför jag sköt hembiträdet. Jag tog fel på person. Jag trodde att det var Don Stacci i alla fall.

Å »Ni medger alltså att ni utförde mordet på hembiträdet Fabiola Melini förra året den 15 april? Tidigare har ni förnekat det i ett förhör hos polisen. Låt mig se.» Åklagaren bläddrade i mappen men gav till slut upp då han inte lyckades hitta det aktuella förhöret.

Då reste sig försvarsadvokaten som herr Greco blivit tilldelad och hytte med fingret mot åklagaren. » Det förhöret som ni åsyftar är struket från protokollet och det är kanske därför ni inte hittar det i er mapp«. Han såg sig självbelåten omkring i lokalen och fick några uppskattande blickar från männen bakom pansarglaset,

Å »Kan så vara, men bevis på herr Grecos närvaro hittades på mordplatsen.....

F »Det måste väl ändå vara dagens stora nyhet. Enligt polisen fanns inga bevis på att min klient befunnit sig på mordplatsen! Det vore mycket intressant om herr Åklagare ville utveckla det resonemanget.« Han kikade upp och smålog.

Å »Jag har ett fotografi här. Han höll upp det och visade bilden för herr Greco. «Det här kanske ni känner igen, sa han illmarigt. Det är nämligen ett avtryck av er fot. Det syns också att den har klivit i blod. Han höll fram fotot under näsan på herr Greco som såg högst besvärad ut. Försvarsadvokaten hade inget att säga, så åklagaren fortsatte...

»Om man skjuter en människa på nära avstånd är det sannolikt att det kan stänka blod ifrån offret och det inträffade just precis i det här fallet. Jag skulle tro att ni herr Greco är ägare till en strumpa med hål under stortån?

»Stämmer det att ni fortsatte mordförsöken mot Don Stacci? Åklagaren bytte plötsligt spår. Herr Greco mumlade något om strumpor men tystnade en stund, sedan tittade han upp, verkade piggare och nästan aggressivt fortsatte han...

»Ja, jag följde honom i spåren ända upp till Sverige. Man tyckte tydligen att uppdraget inte var klart. Don Stacci skulle inte få leva vidare. Det är allt jag har att säga. När han tystnat tänkte han på den eventuella straffnedsättning han blivit lovad? Domaren reste sig och tittade på klockan. »Rätten ajournerar sig till imorgon kl 10.« Don lämnade domstolen men blev hejdad på vägen ut av åklagaren. »Det vore bra om herr Stacci kan följa med en stund för att prata med en person från domstolen? Don följde med in i ett av rummen. Domaren satt vid ett skrivbord och tittade upp när han kom in. »Men så bra!« Han visade på en stol vid skrivbordet.

»Vi har än så länge inte hittat något graverande i er verksamhet, utom det som skatteverket för närvarande utreder. Inte heller har vi fått något från herr Greco som misskrediterar er. I övrigt har han bistått oss med en mängd upplysningar.« Han sken upp. »I alla fall, kunde det vara av intresse för oss om ni ville vara oss behjälplig på ett par punkter som gäller informationen vi fått av herr Greco? »Vi behöver få fram ytterligare upplysningar om den så kallade »bossen« och det kanske ni kan hjälpa oss med?« Don kramade microfilmen i fickan och nickade. »Det skulle gynna er sak, Helt klart!« Domaren log.

Han hade varit lite nervös sista tiden. Incidenten vid Näs hade satt sina spår. Bo var blond, muskulös och van vid hårt arbete skulle, man kunna tro. Det handlade då mest om vedhuggning, olaga jakt, fiske och förstås tillverkningen av brännvinet. Det var inte så att han hade något riktigt yrke. Han var en praktisk man men letade inte betald sysselsättning. Att arbeta för någon annan var inte riktigt hans grej. Läskunnig var han men det var sällan han läste. Trivdes bäst utomhus och särskilt i skogen. Hans produktion av brännvin rullade på och fast polisen misstänkte honom hade de ännu inte ertappat honom på bar gärning. Bästa kund var för övrigt »mopedmannen« som antagligen sålde det vidare. Det borde vara så, med tanke på hur mycket han köpte. Bosse hade aldrigt sett honom berusad. Oron handlade om mötet med mannen i den gula bilen som fått en skidstav i skallen. Vad hände med honom? Han visste att polisen hade fiskat upp en man ur ån. Det visste alla. Det hade »mopedmannen« sagt. Det kunde var samma man som blev skadad av staven. Bosse trodde bestämt det. Och mer, vad hände med den där »maffiagubben«, han som körde bilen? Han kanske skulle gå ner till polisen och fråga? Eller inte? Kontakten med polisen borde för närvarande hållas på en låg nivå.

Igår hade han gått ut i skogen. Igen! Han ville kontrollera om föremålet han grävt ner låg kvar? »Bosse bus« behövde cash. Den saken var klar. Han var orolig att någon annan nyfiken person skulle hitta det, vilket inte fick hända! På sista tiden hade det rört sig en del folk i området så det fanns orsak till oron. Han spände på sig skidorna, tog med en fältspade som han stack innanför bältet och skidade iväg över myren. Det gick lätt. Det var nyvallat. Vallningtekniken hade han lärt sig själv. Det var bara att gnida stearinljus under skidorna, då blev det bra glid. Han såg inte till någon och snart var han på behörigt avstånd från sitt torp. Väl framme på plats blev det problem! Han kände inte riktigt igen sig i skogsgläntan. Det hade snöat i natt, ganska ymnigt. Grävde lite hur som helst, på olika tänkbara ställen. Ett klippblock med en liten naturlig avsats, fick bli »stol« ett tag. Han var trött. Svettig och ilsk satt han där. Runt om såg det ut som ett månlandskap. Tittade runt omkring sig och försökte komma ihåg trädens placeringar i förhållande till klippblocket.

Så plötsligt kom han på det. Han hade grävt på fel sida om blocket. Sedlar från försäljningen låg i en plastpåse som i sin tur låg i en smärtingväska och när han äntligen började gräva på rätt sida om stenblocket var det inte svårt att hitta pengarna. Han öppnade smärtingväskan och konstaterade att plastpåsen med innehåll var orört. Hur många sedlar det var, visste han inte exakt, inte nu i alla fall. De var räknade många gånger och siffrorna var nedplitade i en anteckningsbok som på något mystiskt sätt hade kommit bort. Dålig ordning, tänkte han när han stoppade ner hundralapparna i fickan. Han skidade hemåt och stannade vid utedasset som låg en bit från torpet. Tunnan var inte tömd på länge så det luktade lite, trots kylan som var påtaglig. En lös planka i golvet lyftes bort och där stuvade han ner smärtingväskan. Plankan trycktes tillbaka och han lämnade dasset efter att försäkrat sig om att ingen var i närheten. Han stod kvar länge. En korsnäbb satt i en grantopp som enda publik. Ett kort metalliskt läte, tji, tji, upprepades några gånger. Sedan blev det tyst igen. Han tog av sig skidorna, hittade en ryggsäck och begav sig av ner till busshållplatsen som låg på länsvägen intill. Han behövde lite specerier, en stock snus och lite annat. Busstiderna hade han i huvudet. Han behövde inte vänta särskilt länge. Bussen var nästan tom och han satt sig på sin vanliga plats längst bak. Försiktigt tog han upp hundralapparna och räknade tyst. Det var 800 kr och skulle räcka mer än väl.

Man kan bli inspirerad på många sätt. Det är sant. Hansson kände sig verkligen pigg och upplivad när han återvänt från sin resa till Palermo. Han trodde inte att det kunde vara så skönt, som det faktiskt var, att få återvända till arbetet, även om vädret nu inte var särskilt njutbart. Alfredsson var den första i raden som var nyfiken på hans intryck från Italien och när Mona dök upp vid kaffet saknades bara Hult som tydligen var på seminarie, ett par dagar i Stockholm. Hansson var av naturen givmild så när kollegorna fick varsin present var han definitivt i centrum, Mona fick en liten flaska Limoncello och Alfredsson en ännu mindre flaska Eau de Cologne. Det var inte en pik, det hade han i alla fall inte tänkt att det skulle vara, men mottagaren blev inte direkt till sig av glädje. Det såg han förstås och ångrade sig, trots att det egentligen var försent. Att Alfredsson hade vissa problem med transpirationen var ingen hemlighet, men han tog det ändå emot presenten med ett leende. Det kunde ju vara så att han hade saknat sin arbetskamrat? Mona hade tröttnat på att baka, så nu satt de där med varsin torr mandelkubb och pratade jobb. Mona hade varit hos frissan och eftersom hon bara hade några dagar kvar från att vara aspirant till att bli polisassistent, var hon på bra humör. Hon hade fyllt 31 och var inneboende hos en äldre änka i samhället. Någon fästman hade hon inte än. Hon ville satsa på utbildningen i första hand. Att hon såg rätt vanlig ut, var hon medveten om. Hon hade varit på dans några gånger men ändå nästan aldrig fått sitta ensam när musiken spelade upp. Hon hade ett intresset för män förstås, men arbetet kom alltid i första hand. Hon nobbade ofta män som var för snygga, för påstridiga, eller för onyktra. Hennes arbetskamrater var bara just kamrater, men ett litet men, hade smugit sig in den sista tiden. Hon hade saknat Hansson. För henne hade han alltid varit en hjälp i olika sammanhang. Han kunde sitt arbete och hon hade lärt sig mycket av honom som hon inte hade lärt sig på utbildningen i polishögskolan. När de nu satt och pratade upptäckte hon något nytt hos honom som gjorde att hon plötsligt blev generad. Hon rodnade. Han frågade något men eftersom hon satt i sin egen bubbla tittade hon bara upp och mötte hans blick. Han upprepade frågan och hon kom till sans och svarade. Han hade något speciellt, något hon inte kunde sätta fingret på och hon kände sig plötsligt blyg när deras blickar möttes. »Fån-Mona«, tänkte hon och skrattade. Hansson vände sig till Alfredsson och frågade vad det var som var så roligt.? »Svar, vet ej! Fråga rustmästaren!« replikerade Alfredsson som då och då slängde sig med militär vokabulär. Telefonen ringde och Mona svarade. Det var en kassörska från Konsum som ringde och hon var mycket upprörd. »Ni får skynda er hit! Bo går bärsärkargång i affären. Skynda er, snälla!« Samtalet bröts. Hansson och Alfredsson uppfattade allvaret i situationen. De skyndade ut till bilen. Blåljus och siren på. Det tog 10 min att komma ner till affären. Innanför dörrarna var det riktigt rörigt, flera staplar med konserver var välta och varor hade rivits ur hyllorna. En kassörska hade tagit betäckning bakom kassan och framför på golvet satt »Bosse Bus« med en uppgiven min. Han följde snällt med Hansson och Alfredsson. Utanför affären frågade Alfredsson om han hade fått »dille« eller bara blivit tokig rätt och slätt. Att han inte druckit var redan konstaterat.

»Mina sedlar är värdelösa«, snorade Bosse och halade upp en strumpa med prislappen dinglande.« Han snöt sig. »Vad menar du«? sa Hansson, »Värdelösa«?

»Ja, de är inte giltiga längre, mumlade Bo och snöt sig en gång till. Nu förstod poliserna. Svenska sedlar hade blivit utbytta mot nya och det, sedan ett tag in i januari. Det hade stått i tidningarna och även hörts i radion. Eftersom Bo varken var en flitig läsare eller radiolyssnare, hade han helt enkelt missat detta.

»Nu ska du lyssna på mig«, sa Hansson. »Riksbanken löser in dina sedlar mot en mindre avgift, men du måste åka dit. Det är inte värdelösa!«

»Kassörska sa det men jag kan inte åka till Stockholm!« » Varför då? sa Alfredsson. Det svarade inte Bo på. Han suckade bara tungt och reste sig på osäkra ben. »Nu får du följa med oss in igen och städa upp! Förstått?« Bo nickade och gjorde sällskap med poliserna tillbaka in i affären. »Strumpan får du betala«, sa Hansson. »Du vill väl inte ha stöldgods på dig«? »Jo men jag har ju inga pengar längre«, genmälde Bo och började återigen snora. »Så ja, så ja«, sa Alfredsson och klappade honom vänligt på axeln. »Jag betalar strumpan«.

Don hade varit på banken och genomfört en mindre transaktion någon vecka tidigare och nu när han satt hos domaren kom han till ett beslut som han trodde kunde gynna honom och rättstaten. På microfilmen fanns graverande bevis mot »Bossen« och egentligen inget som kunde ligga honom själv i fatet. I alla fall inget som hade med mord att göra. Om han nu skulle lämna över filmen till domaren och samtidigt få en chans till immunitet borde han kunna gå vidare i livet utan fängelsedom. Det var nödvändigt då han insåg att han inte skulle bli särskilt långlivad, inlåst med sina före detta affärspartners. I så fall måste han tyvärr, även vinka farväl till det konto som fanns i Schweiz. Det skulle svida men han skulle överleva. Det var huvudsaken. Hans samling av klockor var inlåsta i bankfack som tillhörde Gina och inte något att bekymra sig för just nu. Don hade på sista tiden blivit så outsägligt trött på den ständiga oron som hans nuvarande liv försatt honom i. Beslutet var lätt att fatta.

Efter ett långt samtal i enrum med domaren kom de till slut till en överenskommelse som mer eller mindre gjorde honom till en fri man. Han skulle knappast kunna återvända till Italien, det var fullt klart. Alla tillgångar skulle konfiskeras och skatteverket skulle inte längre ha något intresse av honom. Domaren förklarade också att hans närvaro i rättsalen nu var av mindre intresse. Han lämnade domstolen utan microfilm och promenerade raskt iväg till en biluthyrning. Hans samvete besvärade honom inte! Han hade han brutit mot »omerta.« Han hade lämnat ut sina kompanjoner för egen vinst. Det skulle inte ses med blida ögon. Den saken var klar. Första anhalt nu var hotellet, där han efter ett visst spanande gick in och avslutade sin räkning. Han passade också på att ringa sin son i Sverige. Samtalet var kort men kändes väldigt bra! Upprymd och samtidigt harmonisk, lämnade han hotellet. Flygplatsen låg inte långt bort. På en resebyrå i närheten köpte han en resa till Sverige via Amsterdam. Avgång samma dag på eftermiddagen. Det skulle bli en övernattning i Amsterdam. Han hade bråttom att lämna Italien. Väldigt bråttom! Med några timmar till godo passade han på att gå in i en frisersalong där han blev av med sin mustasch och fick håret tvättat och färgat. Han kände sig som en ny människa när han iförd solglasögon och keps, parkerade bilen på flygplatsen. Flyget visade sig vara av chartertyp och således fyllt av hemvändande turister. Han var ensam italienare ombord och njöt av den annorlunda språkmelodin. Flygvärdinnan bjöd på kaffe och lite senare en inplastad lunch som han lämnade över till grannen i sätet brevid. En ung trevlig man som ville testa sin språkkunskaper efter att ha förstått att Don var italienare. Han småpratade lite med holländaren men blev till slut trött på dialogen och låtsades slumra in. En lätt puff i sidan flera timmar senare förkunnade att planet var på väg att landa på Schiphols flygplats. Kapten meddelade att temperaturen var +3 grader med lättare regn och han önskade alla välkomna till Amsterdam. Don tänkte uppsöka ett hotell. Anslutningen till Sverige var först om en dag. Han ville passa på att turista i den berömda staden med de många kanalerna. Man brukar prata om »lagens långa arm,« men på Sicilien pratar man oftare om »bläckfiskens långa armar« som ingen kan skydda sig emot. Det kanske är sant? Don Stefanos avresa hade i alla fall blivit observerad. Hans flight var väntad och med den, hans ankomst. till Schipol. Uppdraget hade gått till Gigi. En kort, mörkhårig, rätt satt person. Syditaliensk utseende. Han skulle kunna sitta som reklam för något hårschampo eller liknande. Inte för att det var något speciellt med hans hår, förutom den långa svart fläta som dagligen smordes in med olivolja. Den blänkte och var hans stolthet. Nu stod alltså Gigi på flygplatsen för att invänta Don's ankomst samtidigt som han spanade in blondiner. Ett av hans stora intressen. Han hade hittat en »rökruta« som tyvärr var tom på blondiner. Han tände en cigarett, hostade och letade med blicken. Han tittade uppmärksamt mot öppningen där ankommande skulle dyka upp. Han hade bara sett Don på fotografi. Aldrig i verkligheten. Det kunde komplicera saker och ting. När passagerarströmmen började tunna ut insåg Gigi att han hade missat sitt offer. Irriterad följde han med de sista passagerarna mot utgången. Vädret var mulet vilket inte inte heller piggade upp humöret. Han stannade och betraktade passagerarna som vandrade iväg med sina väskor och kassar mot bussar och taxibilar utanför terminalen. En äldre man, haltade fram till en taxi. Han hade lätt bagage vilket väckte Gigis intresse. Eller, det var snarare hältan som intresserade. En av upplysningarna han fått om Don Stefano inbegrep det faktum att Don haltade. Gigi sprang fram mot taxibilarna och hade tur som fick tag i en ledig. »Follow that car!« var en av de få repliker Gigi kunde på engelska men i det här fallet räckte den mer än väl. De flesta på vår planet känner nog igen detta imperativ. Anglifieringen var utbredd i Europa. Taxifärden gick mot Amsterdam. Dons taxi stannade så småningom vid ett hotell som hette Leonardo och faktiskt låg nära en kanal. Det var taxichauffören som hade föreslagit hotellet som han påstod sig ha viss kännedom om. Huruvida det fanns rum visste han inte men då det inte direkt var högsäsong trodde han att det fanns möjligheter. När Don betalt taxin och gick in genom entren stannade Gigis taxi en bit därifrån. Gigi förklarade med diverse gester att chauffören skulle avvakta. Don lyckades i alla fall få ett rum och skyndade sig dit med nyckeln i högsta hugg. Magproblem! Nu igen! Det kändes inte bra och inte blev det bättre när han satt sig på toan. Pappret hade fläckar av blod! Han skakade av sig olusten och öppnade en liten whiskey flaska.. Något glas kunde han först inte hitta men i badrummet fanns ett, avsett till tandborstningen. Det fick duga och efter en klunk Chivas kom lugnet. Han gick fram till fönstret vars handtag var placerat i mitten av nederkanten. Efter lite trixande fick han upp fönstret och kunde halvt lutandes, titta ut, i ett visserligen begränsat synfält, men jo, kanalen fanns där. Några träd av obestämt ursprung, en kullerstenstrottoar, en man lutad mot ett räcke och en cyklist. En pråm låg förtöjd vid kajen och på akterdäck satt en kvinna och läste i en tidning.

Taxin rullade iväg och Gigi spankulerade ner mot kanalen. Solen tittade plötsligt fram. Kanske ett plus? Nära hotellet fanns ett cafe. Ägaren hade klistrat upp dekaler av en viss växt på dörren. Gigi kände igen den. Det ingick i hans affärsverksamhet, mest som en bisyssla men han blev ändå nyfiken på att man visade det så öppet här. Han steg in i affären och beställde en kopp kaffe. Hans engelska var bedrövlig men ordet kaffe är internationellt så han fick en kopp och slog sig ner vid ett bord. Det var få i lokalen bara en ung kille i rastaflätor och ytterligare en person. Ägaren? Gigi trodde åtminstone att det var ägaren men det kunde förstås vara en anställd. Kaffet smakade överraskande gott. Killen i flätorna vände sig plötsligt om och sade något, antagligen på holländska. Det hade nu inte så stor betydelse eftersom Gigi endast pratade italienska och lite engelska. Han vinkade avvärjande och gjorde fullt klart att han inte var intresserad av någon kommunikation. Efter en stund reste sig holländaren hastigt efter att ägaren hade sagt något till honom i ganska hög ton. Han sköt in stolen och lämnade hastigt cafet.

I kanalen nedanför cafet låg en pråm och som så många andra pråmar här i Amsterdam var den omgjord till bostad. På akterdäck satt Kay van Everdingen och bläddrade i en tidning. Då och då betraktade hon omgivningen med frånvarande blick. Därför noterade hon inte heller att hon var iakttagen. Hon behövde handla men hade fastnat i väderprognosen som utlovade mer regn. Just nu tittade solen fram från en i övrigt molnig himmel. Kay var blond i sena 30 års åldern. Hon hade ett trevligt utseende enligt egen utsaga. En envis fluga cirkulerade runt hennes huvud och hon viftade lojt för att den skulle avlägsna sig. Gino som stog på kajen hade hittat en riktigt bra plats för sin spaning. Hotellets utgång reflekterades i pråmens fönster. Han kunde spana efter Don med ryggen vänd mot hotellet. Han hade även spanat in Kay, som också, vad han trodde, hade spanat in honom. Nu verkade det också som hon gestikulerade mot honom. Det avgjorde saken. Han började vinka mot henne samtidigt som han gick mot landgången. Kay uppmärksammade honom men plötsligt försvann han ur synfältet. Det hördes ett plask. Han hade snubblat ner i kanalen. Gino föll, slog huvudet i landgången och förlorade helt uppfattningen om vad som var upp och ner. Han simmade mot botten där han fick tag i ett cykelstyre vilket var mycket förvirrande. Han var tvungen att andas.. Hon skyndade sig ut på däck tog tag i en båtshake och sprang mot babordsidan av pråmen som var förtöjd mot kajen, såg inget och flyttade sig närmare landgången. Hon lutade sig över relingen och spanade. Efter lite bökande fick hon loss en frälsarkrans som hon släppte ner i vattnet. Hon vände sig om och tog ett rep som låg hoprullat på däck, gjorde fast en änden i en pollare sedan lät hon resten av repet glida ner i kanalen. Repet ringlade ner. Frälsakransen guppade lätt i vågorna efter nedslaget. För larmtjänst förklarade hon vad som hänt och det dröjde inte länge förrän brandkår och polis var på plats. En dykare från brandkåren gjorde sig klar för eftersökning. Polisen fick sina uppgifter från Kay. De fick även krama om henne då hon plötsligt började snyfta. Jo, det var väldigt sorgligt. Det tyckte polisen också. Men nej, det var ingen anhörig som fallit i vattnet. Hon hade inte heller väntat besök. I alla fall hade hon dåligt samvete för att inte ha städat upp vid landgången där det låg olika rep, fastsatta i kaj och landgång. Det sa hon inte. Hennes man hade påpekat att hon kunde snygga till »rep-härvan« på kajen. Nu var det för sent. Hon snyftade och berättade att hennes man var på arbetet. Några vittnen verkade inte finnas. På cafet som låg närmast hade man inte observerat något. Inte heller på hotellet i närheten. En polis hade i alla fall gått dit för att informera sig närmare.

Jo, han hade fin utsikt över kanalen och eftersom han kände sig betydligt piggare gjorde han sig klar för att turista lite i staden, kanske köpa några presenter att ta med. Droste-choklad kanske eller något annat trevligt. Han klev ur duschen och kände sig riktigt fräsch. Han bytte till den enda rena skjortan den smutsiga tänkte han ta med för att lämna in på kemtvätt om någon sådan fanns på hotellet. Om inte kunde de säkert hjälpa honom med en adress. När han kom ut i foajen upptäckte han att han glömt sina glasögon, vände tvärt och gick tillbaka för att hämta dem. Väl ut på gatan såg han blåljusen. Det var rörigt på kajen, en dykare drog av sig sin våtdräkt några poliser lutade sig över en bår där det låg en man till synes livlös. En hjärtstartare stog brevid båren men det verkade som man hade gett upp försöken till återupplivning. En av poliserna drog en foliefilt över mannen. Bakdörren på en ambulans öppnades. Det var uppenbart att det fanns bättre ställen att turista på än just där, så Don avlägsnade sig men blev stoppad av en polis. Nej, han hade inte sett något i samband med olyckan. Ja, han bodde på hotellet och var turist i staden. Polisen var vänlig och gav honom tips på en bra affär som sålde konfektyr längre ner på gatan. Några timmar senare återvände han till hotellet med en chokladask och några små träskor som var målade i vitt, rött och blått. På kajen var det öde och folktomt

Don ringer från sin mobil och får tag på Leonardo. Han meddelar sin ankomst till Sverige men säger att han inte behöver bli hämtad. Leonardo och Lena säger att de är glada över hans ankomst men gladast är Leonardo. Hans pappa har lämnat sitt gamla liv och kriminaliteten bakom sig. »Jag hämtar förstås!«

Don går ner till matsalen och äter middag. Han har bestämt sig för att lägga sig tidigt. Det blir en lång dag imorgon även om nu flygtiden inte varar längre än ett par timmar. Han kryper ner i sängen med ett språklexikon i handen. Det kurrar lite i magen och han undrar hur den svenska sjukvården fungerar. Det är tvunget med ett läkarbesök. Den saken är klar. Sömnen har lite svårt att infinna sig. Han har lite resfeber. När larmet i mobilen piper är klockan sex och han går efter lite motstånd ut i badrummet och ställer sig i duschen. Hans rumstelefon ringer och det tar en stund innan han svarar. »Jo, han är vaken men tack så mycket för påringningen«. Klockan är fem. Frukosten är inte dukad men kaffet är klart och han hittar även en smörgås som han brer själv. Personalen ringer efter en taxi och han loggar ut och lämnar tillbaka sin nyckel. Några timmar senare står planet på runway och inväntar klartecken. Först nu lutar han sig bakåt i fåtöljen och känner hur lugnet sprider sig i kroppen. När planet lyfter har han slumrat in.

Första tiden i Sverige var bra. Han hade turistvisum. Efterhand dök det upp problem, skulle det visa sig. Don inser att han inte kan bo i den lilla lägenheten någon längre tid. Han kände sig som en inkräktare vilket han ju också på sätt och vis var. Något svar från myndigheterna angående anhörighetsinvandring hade inte kommit och det var Lena som återigen fick kontakta sin pappa och fråga om det fanns möjlighet för Don att disponera stugan i Näs en kortare tid. Det visade sig vara lite krångligt och hon fick inget klart svar. Don var i alla fall inte alls glad över det förslaget. Han kom fortfarande ihåg Serpento och kampen i snön. Det var inte ok! Dit ville han inte! Boendet fick vänta, kunde kanske ordnas på annat sätt. Magen krånglade också. Någon läkartid hade han inte fått än. I morgon tänkte han gå på besök till en liten uraffär, där en viss signorina Ziia arbetade. Hon hade en stor plats i hans hjärta? Eller, i alla fall en plats, tänkte han.

Längst ner på gatan låg den. Uraffären dit han var på väg. Det kändes oroligt. Varför visste han inte. Han ökade på stegen, för det var visst lite sent. Var det öppet? Han snubblade till på trottoaren och svor. Det var nära att han tappade sin bag. Han flåsade. Konditionen var usel. Vad hade framtiden i Sverige för beredskap åt en man som han? Han hade så mycket på sitt samvete och trots det var alla så vänliga. Han skämdes. Empati hade aldrig varit något för honom. Det var kanske dags att ändra på det. I tanken kändes det inte svårt. Han klev i alla fall in i butiken modfälld och på något sätt skamsen. Där satt Ziaa, med en lupp i ena handen och en armbandsklocka i den andra. »Ett ögonblick, sa hon. Jag är strax klar.« Så tittade hon upp mot honom och log. »Men det var ett oväntat, besök Stefano«. Jo, hon kom ihåg hans namn och inte bara det. Hon frågade hur det var med hans son och om han fortfarande samlade på klockor. Det var skönt att få prata italienska igen. För hur det nu var skulle han inte kunna tala det språket hemma i Italien igen. Han var ju på sätt och vis bannlyst. Insikten gick nu rakt in i honom. Det kändes, det gjorde ont. Svetten bröt plötsligt ut i pannan och han skakade till.

»Men hur står det till egentligen«? Hon hämtade ett glas vatten som hon räckte honom med en orolig min. Är ni sjuk? Hon lät uppriktigt oroad och ställde fram en stol. Den gesten räckte för att få honom i obalans. Ögonen brände, blev blanka och det droppade något på hans skjorta. Han hade aldrig tidigare varit med om att plötsligt bli så skör och ledsen. Hon tittade skrämd, sträckte sig efter telefonen. Då höll han upp händerna avvärjande.

»Nej! Han tystnade, sjönk ihop ytterligare och när hon kom fram till honom, rätade han på sig och la armarna runt hennes midja. Han höll henne hårt och väntade på lugnet som inte ville komma. Hon smekte hans hår försiktigt...han samlade sig och började mumla...

»Accogli, padre, il mio pentimento!« Då förstod hon. »Hai trasgredito, Stefano?«

Trots att de inte var i en kyrka hade han inlett en bikt för henne, som om hon, skulle varit en präst.

»Ja jag har syndat, sa han återigen. Mitt liv är...inget liv.

»Så farligt kan det väl inte vara?« Hans tystnad hängde i luften

»Vill du berätta?«

Han nickade och torkade tårarna.

Sen berättade han sin historia.

En rolexklocka/40

Han satt i telefon när mopedmannen tittade in denne hade en bukett i handen. och såg lite förlägen ut. Hansson avslutade samtalet.

»Jag ville tacka så mycket för att jag fått tillbaka min moped. Det var ju ett litet missförstånd. Jag glömde att jag lovat Bosse att han skulle få låna den. Så var det.«

»Ja men det var väl bra, sa Hansson och tog emot bukettten. Du hade inte behövt att köpa blommor. Det ingår i polisens arbete att reda ut stölder, ja, ibland även missförstånd.«

»Jo men det kändes rätt. Jag vet att jag var här väldigt ofta då, och var väl inte så trevlig alla gånger heller, vill jag minnas.«

»Apropå Bo, har jag en fråga som du kanske kan hjälpa mig med. Kommer du ihåg den skadade mannen som hittades i Svartån. Enligt Bo så berättade du att den mannen var italienare. Stämmer det?«

»Ja det gjorde jag.«

»Hur fick du reda på att han var av italienskt ursprung?«

»Ja, det måste bero på den där BMW:n som stod bortåt Näs till. Jag stannade och tittade på den en gång när jag åkte förbi på mopeden och den var ju från Italien.«

»Varför tror du den var från Italien och varför skulle den ha något med den skadade mannen att göra.«

»Den såg utländsk ut« mumlade Ture och tittade på klockan som om han hade ont om tid

»På vilket sätt då?«

»Registreringsskyltarna antar jag. Inte så vanligt med utlänningar här.«

»Ja ok då får vi tacka för den informationen och de fina blommorna.«

Ture/mopedmannen nickade och såg lite bekymrad ut när han till slut lämnade stationen.

Hansson gjorde några anteckningar. När polisen hittade bilen var reg skyltarna borta. Undrar vem som tog dem och när? Telefonen ringde. Det var Lena som undrade var han köpt Rolex klockan? Eller, kunde det vara så att han hade hittat klockan? »Du vet pappa, jag tappade Rolex-klockan när jag var i Palermo. Jag fick skjuts med Leonardos pappa till flygplatsen.« Jag tror, jag tappade den i hans bil. Det var en BMW. Det var Leonardo som drog slutsatsen, eller vi två faktiskt.« »Från början var klockan en del i utredningsarbetet och låg i en låda på stationen till ingen nytta och när du bjöd på middag for fan i mig. Lite beklagligt. Jo, det var nog den klockan.« Hansson grimaserade och bad om ursäkt. Det var verkligen pinsamt. En polis som tjuvade! Han kände inte igen sig i den rollen. Vem var han egentligen?Samtalet avslutades. Han måste möta Leonardos pappa. De hade aldrig träffats. Om det inte var han som stoppade hans taxi i Palermo.Han ringde upp Lena igen. Det blev ett kort samtal.

ÅNGER/41

Ture hade ringt och sagt till honom att att polisen fortfarande verkade vara intresserade av »italienaren« som hittats i Svartån. Ja, det där hade han inget med att göra, men information om polisens förehavande var ändå alltid intressant att ta del av.

Han funderade på »regplåtarna« som var undanstoppade. Han kom inte ihåg varför han tagit dom. Eventuellt hade han kanske haft planer för BMW:n. Nu var det inte direkt hans bord. Bilaffärer var inget han sysslade med. Men bilen var ju snygg så det blev ett lite »surt sa räven«syndrom. Skyltarna var inte svåra att ta loss och då fick han i alla fall någonting. Användbara senare, möjligen?

Bo hade andra problem än registreringskyltarnas vara och låta. Han skulle bli tvungen att åka till Stockholm och Riksbanken och det ganska snart. Det oroade honom på fler sätt. Städer gjorde honom nervös, i synnerhet Stockholm men sedlarna måste bytas ut. Hans ekonomi var i gungning. Han tog skeden i vacker hand och gick hem för att packa.

Resan och sedelinlösningen hade gått mycket smidigare än väntat. Både bussbytet och tågresa hade gått som en dans. Han var nöjd och på bra humör när han återvände hem. Bussen rullade in mot centrum. När de passerade ortens uraffär hajade han till och halvreste sig upp. »Maffioson«!! Han kom just ut ur affären. Det var han! Han var helt säker. Det fanns ingen tvivel om det. Vad i hela helvete gjorde han här. Om han fanns i bygden betydde det att Bo plötsligt också kunde bli intressant för polisen. Det hade visserligen varit en olyckshändelse det där med skidstaven men Bo kände ändå att han hade blod på sina händer. Han antog att maffioson hade dumpat den skadade italienaren i Svartån. Det verkade i alla fall troligt. Han hade ju haft honom i bagageluckan innan. Det var svårt att sitta still i bussen. Tankarna åkte karusell.

Ide'n kom till honom strax efter att han kommit hem och in i stugan. Med ett brett leende gick han ut i vedbon och flyttade om en stapel vedträn. Ett avlångt föremål inlindat i en plastsopsäck kom upp i ljuset. Han virade upp plasten och tog fram registrerings-skyltarna. ROMA X74306, den främre och X74306 ROMA, den bakre. Det fanns en liten skillnad på skyltarna. Det hade han inte tänkt på när han skruvade loss dem. Nu såg han det i alla fall. Ordet ROMA satt på olika ställen. Han paketerade skyltarna i brunt omslagspapper och la dom i en bag. Efter en stunds funderande bar han in bagen i stugan och tog fram en tuschpenna. Han tog paketet och placerade det på köksbordet. Sen blev han sittande en lång stund innan han tog av toppen på tuschpennan och med osäker handstil textade på paketet. Efter att ha stärkt sig med en sup började han fundera. Hans samvete gjorde sig plötsligt påmint. Ju mer han tänkte på det desto mer ångrade han sig. Allt handlade om hans jäkla uppträdande på Konsum. Personalen där var ok men det hade inte han varit. Han skulle minsann gå dit med blommor och choklad och be om ursäkt. Det var det minsta han kunde göra. Nu, när han tänkte efter var det inte bara en gång. Han hade stökat där fler gånger.

ETT PAKET/42

Mona hittade ett paket inlindat i brunt papper. Det var placerat på disken brevid en av telefonerna. Hon hade gått en kort promenad ner till kondis för att köpa fikabröd och när hon återvände låg paketet där. Det var pinsamt eftersom det var hon som skulle ha koll på besökare och även eventuella telefonsamtal. Nu ringde inte telefonerna särskilt ofta och var det ingen som svarade, så skulle man väl pröva att ringa igen, Så tänkte hon och därför blev hon inte glad av att hitta paketet på disken. Någon hade varit inne och lämnat det när hon var ute. Polisstationen var ju inte tom. Både Hult, Hansson och Alfredsson var närvarande och hon ångrade att hon inte sagt något om bullköpet. Det var inte första gången hon lämnat sin post så där men eftersom kondis låg mittemot stationen bedömde hon det som säkert att lämna en stund. Hon satt sig bakom disken och funderade på vem hon skulle konsultera. Eftersom hon kände sig mest bekväm med Hansson borde det vara ett lätt val. Nu var hon ju inte bara bekväm med honom. På sista tiden hade andra känslor dykt upp. Hon visste inte riktigt om Hansson var medveten om de känslorna. Det gjorde att det hela, mer lutade åt Alfredsson. Hon blev störd i sina funderingar av att Alfredsson och Hansson plötsligt dök upp. De tittade på henne och paketet. Sedan lyfte Hansson upp det och då upptäckte de texten i svart tusch som var skrivet på baksidan av paketet.

»Mafiasjyltar« stog det. Textat med svart tusch med en rätt så »knackig« handstil. Stavningen lämnade också en del frågetecken. Det såg ut som försändelsen kunde innehålla registreringsskyltar. Det tyckte i alla fall Hansson. Format, storlek och tyngd stämde bra in på den teorin. Han tänkte högt när han undrade om kollegorna » kände till någon som inte var så bevandrad i stavningens ädla konst.« Alla var ganska överrens om att den beskrivningen kunde passa bra in på Bo Alm eller, »Bosse bus« som han vanligtvis kallades av kåren. »Vi får väl göra ett besök vart det lider,« sa Hansson och betraktade de uppackade »skyltarna«. ROMA X74306, respektive, X74306 ROMA. Tankarna gick nu till en BMW som stod parkerad hos polisen på deras uppställningsplats i länet. Hansson påpekade att skyltarna troligen kom från den bilen. De övriga nickade men återvände efter en stund till sina av pappershögar belamrade skrivbord. »Jag tar tag i det här om ni inte misstycker?« Han fick inget svar bara en axelryckning från Alfredsson. Hult var upptagen.

Gina Stacci stod som ägare av fordonet. Hemort, Verona, Italien. Namnet Stacci var bekant. Hansson öppnade datorn och tog fram utredningen om mordförsöket på Guido/Serpento? Denne man hade antagligen legat i bagageluckan på bilen. Skadad? Ja, troligen. Hans tand hade hittats i bagageutrymmet. Föraren av bilen kunde vara Stefano Stacci. Han städade upp och stängde datorn. Han ämnade avlägga en snabb visit hos sin dotter med fästman. Leonardo Stacci!

Leonardo satt vid köksbordet och när Hansson kom in. Lena var i Konsum och handlade. Hansson hade åkt dit för att träffa Don men han var visst hos Ziia. Hansson undrade varför men han frågade inte. Det var i alla fall trevligt att prata med Leonardo i stället för att konfrontera Don och ställa de frågor som han egentligen inte ville ställa. Han fick i alla fall tid att gå igenom ett par spörsmål med Leonardo, och de var ganska överens vad det gällde Dons framtid i Sverige. Den såg för närvarande ganska dyster ut. Ett mordåtal eller i alla fall åtal för grov misshandel av en viss Guido Greco alias Serpento låg för handen. Det var svårt att komma undan, trots att denne Guido var angriparen. Nödvärnsrätten var kanske möjlig att åberopa men inte när det gällde dumpningen i Svartån. Några trafikförseelser fanns också med men de var i sammanhanget mindre viktiga. Lena kom in med matkassar, pustande satt hon sig på en stol. Graviditeten syntes. Hennes mage putatde ut på ett trevligt sätt. Åtminstone tyckte Leonardo det. » Vad ska han heta, sa Hansson?« »Om du undrar om hans mellannamn blir Birger? så kan du vara lugn, för det har vi redan bestämt. Första namn blir kanske Leo eller Ludwig men det är inte bestäm än. Leonora är förstås också tänkbart« Lena satt på kaffe och letade runt i skafferiet tills hon hittade en påse med kardemummaskorpor.

Leonardos mobil ringde plötsligt och när han svarade kom en ström av italienska ord. Lena och Hansson såg frågande ut och till sist avslutade Leonardo samtalet. »Pappa har rest iväg. Han var tvungen, säger han, och han ber också att polisen kan dröja lite med efterlysningen. Då skulle han bli väldigt tacksam.«

»Rest iväg till..?« sa Hansson och fixerade Leonardo. »Det sa han inte. Han kommer att ringa senare ikväll och berätta.« Hansson nickade. Han var inte direkt överraskad av det beslutet. Dons framtid i Sverige var som sagt problematisk. Det rådde ingen tvekan om det.

När han avslutat sin berättelse satt Ziia med en pappersnäsduk och torkade tårarna. Det var en sorglig berättelse om ett liv i Palermo där våldet var vardagsmat. Hon kände inte förakt men inte heller direkt empati för mannen som satt framför henne. Hon förstod ändå att han hade kommit till vägs ände. Att stanna kvar i Sverige var inte något bra i rådande läge och hon letade i sitt minne efter någon form av utväg. Något som kunde hjälpa honom. Hon undrade varför hon brydde sig? Kanske var det så att hon på den korta tid de blivit vänner, upptäckt något hos honom som gjorde att han var värd en satsning. En sista chans. Hade hon kanske mer än varma känslor för honom? Det var tveksamt. Så kändes det nu i alla fall. När hon bestämt sig frågade hon honom om han var bra på bilar? Han undrade varför?

»Kom,« sa hon och tog hans hand. Utanför uraffären stod en Toyota av äldre modell. Hon öppnade bildörren och satt sig på passagerarsidan.

»Har du ditt pass med dig?« undrade hon,

Han nickade och pekade på bagen han hade i handen. »Jag är inte så bra med bilar så det är bäst att du kör.«

Stefano satt sig bakom ratten, startade motorn och berättade i förbifarten att han hade ägt en Toyota av samma modell som den här. Det tyckte hon var utmärkt. »Då vet du ju hur den fungerar.« Han svängde upp på länsvägen och de lämnade samhället.

»Vart är vi på väg?« Hon log och sa att han fick en gissning. »Jag tror du vet var vi ska åka men låt höra din gissning.

»Jag tror vi är på väg mot Arlanda«.

»Alldeles på pricken rätt«, sa hon och log. »Saken är den att jag har en bror, som har en gård i södra Frankrike. Jag tänkte att han kanske vill ha lite sällskap av oss.«

»Oss?« sa Stefano.

»Jag har gått i pension nyligen och nu har Gabriel Ek kommit tillbaka till affären. Det var han som blev skadad i rånet, som jag berättade om första gången vi träffades. Han kan passa affären ett tag, när jag är bortrest.«

»Vet han om det?«

»Inte just nu men jag tänkte ringa honom om en stund.«

Då skrattade Stefano hjärtligt och det var länge sedan han skrattat så länge och så gott.

»Oj,oj Ziia, du är något alldeles extra du!

Ziias bror hade en gård i Provence där han ägnade sig åt den lilla vinodlingen på sex tunnland, solrosor på några fält och lite slakt i närområdet, som bisyssla. Salvatore Gatti var en stadig man, med krulligt, svart hår, ett yvigt skägg och ett ständigt leende på läpparna. Han var änkling sedan några år och barnlös. Han tillbringade gärna sin tid i smedjan, där han formade järnet efter beställningar från gårdarna i regionen. Han var en vänlig själ och många hade kanske svårt att förstå att han kunde slakta djur. När det gällde slakt var han alltid noga med att djuren skulle lida så lite som möjligt. Han var human. Ofta fick han då också en bit ifrån slakten. Det kunde röra sig om ett fint stycke kalvkött eller något fjäderfä. Han var omtyckt! Hans gård var liten och låg i en sänka omgiven av skog med kermesek och bokved, där tall och pinje växte lite högre upp, mot Luberonbergen. Ett stampat jordgolv, en enkel järnspis och ett stenhus på femtio kvadrat där underhållet var lite eftersatt var det hela. Målarfärgen på dörr och fönsterramar flagnade. Han var 68 år och hade för länge sen slutat bry sig om husets skavanker. Omgivningen var typisk provensalsk med olivträd i glesa grupper som sträckte sig ner mot landsvägen. Träden sköttes av byborna gemensamt och han hade en viss del av skörden. Våren var på väg men tiden för mistralerna var ännu inte över. Mars stod och bankade på dörren och mandelträden blommade på försök här och där. Salvatore var på favoritplatsen i smedjan och arbetade med en trasig plog när det smällde till vid grinden. Smällen hördes upp till smedjan och Salvatore gick ner och tittade på förödelsen. En Citroen 2cv stod halvvägs in genom grinden. Bilen som fortfarande var vanlig på landsbygden var populär och användes till diverse transporter. Med en motor på 9 hkr gick det inte fort som tur var. Brevid bilen stod monsieur Bernard och kliade sig i huvudet. Salvatore tyckte han doftade väl starkt av pastis och misstänkte att Bernard kom från en våt lunch på auberge Les blanc ner i byn. »Vad hade madame i grytan idag? Var det något så olämpligt att det steg i ditt huvud till den milda grad att du tappade kontrollen på ditt åkdon?« Bernard tvinnade sin mustasch och betraktade bilen vars kofångare såg ledsen ut. Han åmade sig och gick runt bilen flera varv innan han till slut satte sig i dikeskanten. »Det

var den grytan med kanin och den är alltid god som du vet. På hemvägen
blev det något fel på bromspedalen. Det har hänt tidigare. Jag var faktiskt
på väg till dig för att be dig kolla bromsen. Om du har tid? Den kan stå
här, så det är inte bråttom. Jag ber om ursäkt för grinden men den ser
ut att ha klarat sig bra. Mest skador på bilen, ser det ut som.« Bernard
snurrade mustachen ivrigt som han brukade göra när han var nervös.
»Ja, du har nog rätt om grinden. Den är stadigare än din bil. Jag har gjort
den själv och det blev ett bra arbete, som du ser.« Bernard hade ett knippe
sparris i bilen som han tänkt kalasa på. Nu öppnade han bildörren och
tog sparrisen som han sträckte fram till Salvatore. »Du fick visst inget
när du slaktade sist tror jag?« Nej, han hade inte fått något, det var sant.
Bernard var känd för sin snålhet och kallades ibland för monsieur Radin
(som just betyder snål på franska.) »Tackar som bjuder,« sa Salvatore och
log mer än vanligt. Han erbjöds en cykel som lån så länge. »Du vill väl
inte gå hela vägen i den här värmen?« Bernard tackade men avböjde.
Han svajade en aning och anade att det kanske inte var någon bra ide att
cykla just nu. »Inga problem, det kan vara skönt med en promenad nu, i
vårvädret.« Därmed försvann han ner mot landsvägen i ett moln av flu-
gor som plötsligt dykt upp. Den söta pastisen, förstås tänkte Salvatore...
den lockar till sig alla möjliga kritter. Inte för att han var nykterist, han
tyckte mycket om sitt eget rödvin som särskilt förra året hade blivit över
förväntan. Det borde väl ändå finnas lite tänk på hur mycket man häller
i sig en sån här varm dag.

Vårsolen sken in genom fönstret på polisstationen där det rådde ett lugn som endast stördes av en nyvaken fluga som surrade runt Alfredsson huvud. Till slut tröttnade han och tog dokumentmappen han just var på väg att öppna. Med en bra sving lyckades han missa flugan och träffa kaffekoppen så den välte. Innehållet rann ut över mappen. Flugan försvann men det var en klen tröst. Mappen, som det stod ett diarienummer på, var delvis indränkt med kaffe som på något underligt sätt hade penetrerat flera sidor, ja rent av, dränkt dem. Det var en mindre katastrof. Han hade just fått mappen av Hult. Det kladdiga innehållet handlade om ett ouppklarat rån mot en uraffär. Uppgiften var inte bara att läsa igenom. Han skulle också notera och reflektera på det faktum att i den sista bilagan som var helt dränkt och ganska oläslig, hade nya fakta lagts till. En av de stulna klockorna hade nämligen hittats på en pantbank i Uppsala. Det fanns en fotostatkopia på inlämningskvittot där det nog också stod ett namn men det var just nu i alla fall oläsligt. Han suckade och reste sig för att hämta en trasa eller servett från fikarummet där Mona just satt sig. Klockan var tre och hon skulle sätta på kaffe. »Du vill ha det svart som vanligt, va?« Han nickade tankspritt. Hans huvud var upptaget med att hitta en lösning på problemet med mappen. Det fanns nog en kopia men det var jobbigt att fråga Hult om det. Han visste att han inte stod särskilt bra i kurs hos kommisarien. Det kanske gick att göra ren sidan med någon produkt som kunde återge texten, så den blev läsbar igen. Han tänkte just ta tillfället i akt och delge Mona problemet, när Hansson släntrade in och tog sin kopp. Han hade haft en ledig dag som han delvis tillbringat med att röja i trädgården och nu ville han berätta om hur han satt potatis och lök. Intresset idag var svagt, både från Mona och Alfredsson. Lite konstigt för båda kollegorna var vanligen väldigt pratsamma under tre-kaffet. Hansson försökte göra sitt bästa med att försöka få kollegorna mer pratvänliga, men varken »brandfacklor« eller pikar, gick hem. Alfredsson svarade, att »jovisst har jag kvar eau de colognen, den han fått av Hansson efter dennes Palermo resa. »Har knappt öppnat flaskan, faktiskt« Mona tittade upp på Hansson och var på väg att försvara Alfredssons problem med sin lödiga transpiration men ångrade sig efter en harkling och tystnade. Sedan vände hon sig

mot Alfredsson och frågade hur det gick med utredningen av rånet mot
uraffären? Han bleknade märkbart och mumlade något om att han inte
hunnit titta på det än. »Vadå, sa Hansson? Det där är nytt för mig! Har
det dykt upp något av intresse?« Mona berättade vad som inkommit och
Hansson vände sig mot Alfredsson och undrade om han kunde få se
materialet? Alfredsson nickade och så gick de i väg till hans rum. Med
en suck visade han upp det av kaffe indränkta dokumentet. Hansson
fattade vad som hänt och utan frågor, bad han honom att vänta en stund.
Efter att ha varit hos Hult återvände han med en kopia av dokumentet
som han placerade på skrivbordet framför Alfredsson. »Hyggligt, jag
var precis på väg in till Hult. Vad sa han, eller du?« »Ja, han sa, typiskt
bara, inget annat.« Alfredsson grimaserade lite, tände bordslampan och
så granskade de pantkvittot med en namnteckning som verkade svår-
tolkad. »Jag tycker det ser ut som det står Carl Barks,« sa Alfredsson.
»Kalle Anka«, replikerade Hansson, till den oförstående kollegan. »Carl
Barks var tecknaren som skapade Kalle Anka,« fortsatte han. »Å fan, det
visste jag inte.« De skrattade båda två av olika anledningar och så högt,
att Hult tittade in. »Har ni så roligt på arbetstid hoppas jag att ni hinner
med era uppgifter också«? Han sneglade mot Alfredsson och anlade en
sträng låtsasmin. Hansson förklarade lustifikationerna för Hult som
frågade om någon var så pass ledig att han skulle hinna med ett besök på
en pantbank i Uppsala. Hansson räckte upp handen på skolpojksmane´r.
»Ja det är väl lika bra att du åker«, sa Hult utan någon närmare förkla-
ring. Han lämnade rummet och gick till receptionen där Mona satt och
funderade. Högt sa hon, »Bosse bus kom förbi nyss och berättade att han
sett en »maffia gangster« komma ut från uraffären i veckan. » Han var
nykter och såg riktigt prydlig ut, konstigt nog.« Hult hajade till. »Vad
fan, är en maffiagangster för något?« Frågan blev hängande i luften...

Trots viss straff-lättnad skulle han tillbringa de närmsta sju åren i fängelse. Detta trots att han blivit lovad att gå fri. Hatet mot Don fanns kvar och nådde nu kokpunkten men inlåst är inlåst. Så var läget nu och inget att göra åt. Efter att ha blivit igenkänd av fler interner var hans saga all. Redan andra dagen blev han knivhuggen i duschen. Han vred sig snabbt undan med följd att knivbladet gick av och spetsen fastnade i skuldran. Det räddade sannolikt hans liv. Kniven som antagligen kom från verkstaden var inte av någon högre kvalitet. Inget ont som inte har något gott med sig tänkte han när han så småningom placerades i sjuktransport efter att läkaren, Manzini, på fängelset krävt en operation som han själv inte kunde utföra även om han hade försökt. Knivudden gick inte att nå med de instrument han förfogade över. En operation var således nödvändig. Serpento, klagade på värk och smärtor i axeln och fick ett par värktabletter av Manzini. Transporten övervakades av en konstapel, Guiseppi som även skulle sitta vakt. »Viktigt att du sitter i rummet och inte utanför« förtydligade fängelsedirektören, Tutti, som hade läst Serpentos journal och då om hans rymningsförsök i Sverige. Guiseppi nickade men satt i andra tankar, då han befarade att han inte skulle komma hem i vanlig tid. »Blir jag avlöst, eller blir det övertid om operationen nu drar ut på tiden?« »Enligt läkaren ska det gå på några timmar så det behöver du inte vara orolig för«, avslutade Tutti. Färden gick i en taxi mot Ospedale Oftalmico som var ett mindre sjukhus för allmänheten, beläget i stadskärnan av Rom. Serpento hade föredragit ambulans men detta motsatte sig läkaren helt. I handbojor med värkande axel började färden mot sjukhuset. Eftermiddagen var varm, för varm, även inne i bilen... Serpento lyckades veva ner rutan på sin sida någon decimeter och Guiseppi verkade inte bry sig. Han var mer orolig att han inte skulle komma hem i tid till middagen som inte var något extra just den här dagen men, den serverades ändå hemma. Det hände ibland att det blev mat över från utdelningen på fängelset och trots att den sällan smakade bra var den ändå gratis. Det var förstås förbjudet för personalen att ta av den maten men att äta den medhavda smörgåsen lockade mindre, till och från. Guiseppi var kortväxt med flint och en avsevärd rondör, gråhårig, och en aning krum. Han såg kanske inte ut som en typisk fångvakt. Trots detta faktum var han smidig och snabb. Han hade varit sprinter i sin ungdom. Det var förstås länge sedan. Han närmade sig den efterlängtade pensionen och hade bara några år kvar till friheten, eller sitt »nya liv« som han ibland fantiserade om. I alla storstäder ljuder sirener av olika slag, dygnet runt faktiskt. Den Serpento nu hörde kom alldeles för nära. Nu smäller det, tänkte han. En lastbil som förgäves försökte lämna fri lejd åt en ambulans fastnade i taxin som släpades med ett tiotal meter. Karossen vreds och samtliga dörrar låstes. Det var nog centrallåset som fått sig en törn. Höger bakdörr var intryckt och den skadan i sig var nog orsaken till att Guiseppi hade fått en smäll i huvudet och tuppat av. Serpento och chauffören hade klarat sig bättre. När en chans uppenbarar sig brukar många ta den och i det här fallet dröjde det inte länge förrän Serpento hittat nycklarna till handbojorna, vevat ner rutan på sin sida och ålat sig ut. Många nyfikna hade kommit fram för att titta, fler av dem fotograferade men det var ingen som tog upp jakten på Serpento och varför skulle dom det? Kanske, i så fall, för att han hade anstaltens tofflor på sig men det verkade ingen ha brytt sig om. Strax efter detta skulle de få se en gråhårig man försöka krypa ut genom samma bakfönster på taxin. Det såg ut som han fastnat. Vad han skrek hörde man inte men det var ju en scen att föreviga. Guiseppi tystnade och gjorde sitt bästa för att dölja ansiktet.

Ien annan del av Europa satt Ziia och Don i en taxi på väg mot hennes
brors gård. Don hade aldrig varit i Frankrike och hans kunskaper om
landet var ganska begränsade. Han hade väl sett några reseprogram
och en del spelfilmer men om Provence visste han inte mycket. Han var
ändå vid gott mod, mycket tack vare Ziia. Hon var den som han kunde
tala helt fritt med och ibland förstod han inte riktigt vad hon såg hos
honom. Tankarna om detta, slog han bort så fort de kom. »Man ska leva
nu«, brukade hon säga och det var precis vad han ville. Leva! Redan när
de lämnat flygplanet kände han skillnaden. Från ett blekgrått mars kom
de från temperaturer under noll grader till dryga tio grader och i so-
len betydligt mer. Det var i början på mars månad och mandelträdens
blommor var på väg att slå ut. Bönderna var upptagna med att se över
redskapen som stått och rostat under vintern. Gevären var upphängda
på väggarna för jaktsäsongen var över och på marknaderna hittade man
små plantor i krukor, allehanda jordbruksredskap och olika sprutor med
insektsmedel som garanterade bra skördar både i trädgården och på
vinodlingarna. Han vevade ner rutan på sin sida och kände sig som en
tonåring, när vinden fläktade genom håret. Resan kunde för hans del ha
fortsatt länge men allt har ett slut och de blev en timme senare avsläppta
vid en järngrind som hängde lite snett. Intill i diket stod en Citroen 2cv
med trasig kofångare och en krossad framlykta. »Ziia, har du berättat
vem jag är?« Don såg lite orolig ut men tystades ner av henne. En stadig
man kom och mötte halvägs upp mot huset. Han gav sin syster en kram
och till sin förvåning fick också Don en varm omfamning. »Ni är väl-
koma hit till mitt anspråkslösa hus. Jag hoppas ni ska trivas, lika bra som
jag gör«. Han bar deras bagage in i huset och visade var de skulle få sina
sängplatser. En säng och en soffa stog i vinkel och han sa att de fick välja
själva var de skulle sova. Don tittade på Ziia som gjorde valet enkelt för
honom genom att placera sin väska på soffan. Han försökte protestera
men hon avfärdade det och frågade var Salvatore skulle sova, nu när de
lagt beslag på allting. »Den här årstiden ligger jag i smedjan men om ni
ska stanna till vintern får vi nog bygga ut«? Han skrattade hjärtligt och
började duka upp en måltid på köksbordet som nätt och jämt klarade
tre tallrikar. På den järnspisen puttrade en gryta vars angenäma doft

spred sig i rummet. Ur ett skåp tog han fram en literflaska med rödvin som han placerade mellan tallrikarna. »Från min vinodling, sa han med lite stolthet i rösten. Var så goda och sitt.« Rödvinet var överraskande gott och grytan också men med en annorlunda smak. Han undrade om de kände vad det var för kött? »Kyckling,« sa Ziaa men Don lutade mer åt något vilt. »Kanin,« sa Salvatore och skålade om igen. Salvatore lämnade paret i fred efter middagen. Det var något med en plog som skulle slipas. Don sträckte ut sig på sängen och slumrade till. »Ska jag hjälpa dig,« mumlade han samtidigt som ögonen slöt sig. »Sov du Stefano, du ser trött ut.«

Han slutade springa, dels för att han hade tappat ena toffeln och dels för att försöka smälta in i gatulivet mer naturligt. Han vågade inte återvända för att leta upp toffeln. Det var inte så ofta man såg personer som sprang på trottoarerna i Rom eller i vilken storstad som helst faktiskt. Ja, det skulle väl vara joggarna då ,men de hade en annorlunda klädsel och framför allt skor som var mer anpassade till aktiviteten som bedrevs. I ett skyltfönster betraktade han sin spegelbild och blev ändå rätt nöjd med vad han såg. Det viktigaste var att han inte hade kriminalvårdens kläder. Hans slitna tröja, tillika byxor gjorde att han mer såg ut som en luffare än en som just rymt från ett fängelsestraff på sju år. Leende fortsatte han sin promenad, då och då sneglandes över axeln. Han behövde ett par skor det var fullt klart. Frågan var hur han skulle lösa det utan pengar. Han beslöt att försöka hitta en loppis eller något liknande och när han fick syn på en äldre man vid en busshållplats gick han fram och frågade var han kunde bli hjälpt. Mannen betraktade hans toffel, grävde i fickan och fick fram några mynt, gestikulerade på sydländskt vis och pekade ut en väg som skulle leda Serpento till Frälsningsarmens annex som händelsevis låg i närheten. Att han var så säker på sin sak berodde på att han själv var soldat i Frälsningsarmen. Faktum var att han precis kom därifrån. Han var nöjd. Dagens goda gärning var uppfylld. Serpento var även han nöjd och prisade sin oväntade tur. »Det kanske vänder nu,« sa han högt när mannen precis klev på bussen. Han nickade och gjorde tummen upp vilket Serpento inte noterade. Över en korsning, förbi en park och där låg Frälsningsarmens hjälpverksamhet. I en låda precis innanför dörren låg det ett par espadrillos som såg ut att passa. När en av systrarna kom förbi och upptäckte hans bara fot vägrade hon att ta emot hans mynt som han sträckte fram. Hon betraktade honom med sorg och gick sedan bort till en låda där hon tog fram en blå skjorta som hon sträckte fram, återigen avvisande hans försök att betala. Han fick lust att krama om henne men kände att det kanske inte var passande. Hon berättade för honom var det fanns möjligheter att få en enkel måltid och då bugade han djupt och gjorde korstecknet. »Gud signe er, ni måste vara en ängel.«

Hansson fick som sagt åka själv. Adressen var, Kungsgatan 32, i Uppsala. Pantbanken låg centralt och var för tillfället tom på kunder. Han visade upp sin legitimation och fick passera det heliga. Det var första gången han var på »fel sida« av disken i en pantbank men i ungdomen hade det hänt några gånger att han fått stå på kundsidan. Han kom ihåg ett par tre gånger han hade varit där. Han pantsatte då ett farfarsur. En gedigen guldklocka med kedja. Den skulle sitta i västen, lätt åtkomlig för att kontrollera tiden och var samtidigt en statussymbol. Nu för tiden låg den i en låda hemma och samlade damm. En av de två närvarande i personalen öppnade en dörr och bad Hansson stiga in på kontoret. Tyvärr var inte den person inne som hade tagit emot panten av klockan, men orginalkvittot hittades . Nu syntes namnteckningen lite tydligare. Det rådde ingen tvekan. Där stod det Carl Barks, utan tvekan. Hansson undrade när personen som tagit emot panten skulle vara tillgänglig. »Kommer tidigt imorgon är det sagt. Det vill säga klockan tio när vi öppnar.« Hansson meddelade att han skulle återkomma nästföljande dag och återvände till stationen. Hult och Mona hade sällskap i ett rum av Bosse bus som skulle förklara vad han menade med uttrycket »maffiagangster«. Det gick trögt. Bo mådde inte bra. Han hade ännu ej köpt några blommor som han lovat sig själv. Han hade inte ens varit i butiken och bett personalen om ursäkt. Dessutom var han bakis. Normalt hade han inga problem med att konfronteras med polisen. Han hade ju en viss vana. Idag var han skör och hade svårt att värja sig mot frågorna. Hult ansatte ilsket Bo, med en mängd frågor.

H »Du säger att han kom ut från uraffären? Var det första gången du såg honom?«

B »Ja, det har jag ju redan sagt. Har aldrig sett honom tidigare. Helt säkert.«

H »Varför sa du att han såg ut som en maffiagangster. Har de något speciellt utseende eller kännetecken?«

B »Ja, han såg skum ut.«

H »Du har tidigare sagt att det rörde sig skumma personer upp vid Näs. Hur såg dom personerna ut, var de flera eller bara en? Förklara!«

B »Kommer inte ihåg nu men det var nog många eftersom jag sa flera personer.«

H »Bra! Beskriv en av dom. Det räcker med en. Kan det ha varit mannen från ur-affären till exempel.«

B »Nä, honom har jag aldrig sett, sa ja ju. Det var bara en bil jag såg, förresten.«

H »Färg och modell?«

B »Den va inte gul i alla fall och ganska stor. Den var nog svart eller grå.«

H »Lustigt vi har uppgifter som pekar på en gul, liten Fiat.«

B »Nej, det var det absolut inte.«

H »Det har hittats blodspår i snön vid ett dike, är det något du känner till?«

Han drog efter andan, irrade med blicken, försökte säga något, men tystnade och det var så uppenbart för poliserna att han hade kommit ut, på så svag is, att han när som helst skulle sjunka ner i vaken utan möjlighet till hjälp. Så kom det då, erkännandet...

B »Han slogs med en annan man i ett dike, sen la han honom i bak-luckan, sen körde han. Jag såg allt, på avstånd. Sen åkte jag hem.« Bo reste sig. Han ville ut i friska luften.

H »Bra där Bo. Du ska strax få gå. Bara sätta en »kråka« här, längst ner.« Hult sköt pappret över bordet. Bo skrev med darrig handstil och gick sedan iväg..

Alfredsson blev omgående tillsagd att åka ner till uraffären där han vid ankomsten konstaterade att innehavaren hade rest till Frankrike »i sällskap med en annan italienare«, som nu Gabriel Ek uttryckte det. Han själv skulle sköta affären till Ziia återvände. När detta nu skulle ske, var lite osäkert. Kanske en månad ca, trodde Ek.

Don fanns sig väl tillrätta. Inte så att han stormtrivdes men livet kändes ändå lättare att leva. Han var inte direkt praktiskt lagd, men lärde sig något nytt varje dag. Det kunde handla om sättning av potatis, målning av fönster, som nu Salvatore äntligen hade bestämt att sätta igång med. Don var villig att hjälpa till och efter att ha fått instruktioner, skrapor, penslar, och målarfärg satte han igång. Det finns en viss tillfredställelse med att arbeta med händerna. Han var som sagt ovan men han tyckte om det arbetet. I alla fall första fönstret. Ziia tog på sig uppgiften med matlagning, torghandel och andra bestyr på markplanet. Salvatore höll sig mestadels borta. Var han inte i smedjan gjorde han besök hos grannar, nära eller längre bort för slakt eller lättare reparationer. När två fönster var avklarade kom Salvatore och inspekterade. Han fick ris och ros. Mest ros faktiskt. På eftermiddagen skulle han och Salvatore göra en utflykt med en överraskning som extra knorr. Några bastanta ekar var målet. Don hade ju sett träd förr i livet men blev ändå nyfiken på vad det var som var så speciellt med just dom här ekarna. Salvatore kom med en vandringsstav och en ränsel, där litern buktade ut. Väl framme satt de sig under en stor ek och Salvatore tog fram bröd, ost och en rödvinsbutelj. Några glas behövdes inte. De halsade. Osten och vinet passade bra ihop och efter en stunds vila reste sig Salvatore, började vandra runt och stack då och då staven i jorden. Detta upprepades under en kvart tills han plötsligt visslade till och pekade mot den senaste stöten. Upp ur jorden surrade några flygfän i cirklar. Han tog fram en liten spade och började gräva. Upp kom en jordig mindre klump som hölls framför näsan på Don. Tryffel! Sen förklarade han att det här sättet att leta tryffel användes av de som inte hade hund eller gris. Problemet med grisar var att de gärna åt upp skörden. På sista tiden hade han haft planer på att skaffa en hund men det var inte säkert att den skulle bli användbar även om man lagt energi på att lära den. Att leta med stav var fattigmansgöra men fungerade ändå ibland om man visste var man skulle leta. Insekterna som kom upp ur jorden levde i en sorts symbios med svampen och trädet. Nu gick de hem för att göra i ordning pasta. Vi ska hyvla tryffel över, generöst med tryffel, sa Salvatore och skrattade.

Det kan vara bra att ha en karta om man hittar dåligt. Serpento upptäckte det under sin flykt i Rom. På ett hotell i en vestibul »hittade« han en karta som nog egentligen var avsedd för gästerna. Det var inte så att han ville turista. Han letade snarare efter ett sätt, att så snabbt som möjligt, ta sig från Rom. Museer och andra turist-attraktioner var av noll intresse. En större industriområde fångade snart hans uppmärksamhet. Där det fanns varor, fanns det även lastbilar och med dom en chans att försvinna obemärkt från staden. Han tjuvåkte på en spårvagn som tog honom direkt till området. En långtradare var just i färd med att lossa sin last, som vad han kunde se, mest bestod av tulpaner. När avlastningen var klar passade Serpento på att med gester och leenden, fråga om det fanns en möjlighet att få lifta med en bit på återresan? Registreringskylten var obekant men det stod NL på nationsbeteckningen och det var av intresse. Chauffören berättade att han skulle till Frankrike och lasta styckegods och sedan vidare till Nederländerna. »Jo visst, han hade inget emot att få lite sällskap på färden« så Serpento tackade, klev in och slog sig ner bredvid Jan de Wit som var chaufförens namn. Serpento hade svårigheter att kommunicera men han var trots allt kvicktänkt och gester och minspel löser ibland bristen på språkkunskap. Jan ägnade en del tid åt att försöka förklara att Serpento bara skulle få resa med till första tullstationen som var Ponte san Ludovico men där var det stopp. Kanske det var så att han förstod att Serpento varken hade pass eller kontanter på sig. Serpento nickade ivrigt och upprepade »Frankrike finito« några gånger och därmed var de överrens och långtradaren körde ut ur Rom genom förorterna fram till huvudväg A1 som ledde åt nordväst. För varje meter som de körde bort från Rom glömde Serpento att det värkte i axeln och han till och med nynnade lite på en gammal schlager till Jan vred upp volymen på radion. Serpento fann sig mer än väl i tystnaden. Han hade mycket att fundera över. Bland annat hur han skulle ta sig till Sverige. Det var i alla fall dit han ville komma. Där Don fanns. Tanken på hämnd, var ständigt närvarande. Nästan som en sjukdom som med jämna mellanrum slog ut i full kraft och fick honom att svettas och gnissla tänder om vartannat. Han slutade gnissla när han såg att Jan betraktade honom med en näst intill äcklad min.

Hult hade verkligen gått igång efter förhöret han haft med Bo. Han kände att han närmade sig lösningen på misshandeln och det skulle kanske ge en fjäder i hatten. Ja, nästan som en plym kändes det. Alla var tända till tusen utom Hansson som gick runt och tjurade vilket var ovanligt i hans fall. Hans svärfar skulle när som helst vara avslöjad för ett mordförsök och det skulle nog få konsekvenser för hans del också. Inte för att han var direkt inblandad men det var ju oerhört genant att hans dotter var gift med en son till en »maffiaagangster«. Han log snett. Och så den jävla klockan han gett till sin dotter. Den tickade fortfarande i hans huvud med jämna mellanrum. Han bestämde sig för att ha ett samtal med Hult och delge information som han hittills behållt för sig själv. Han ville i första hand skydda sin dotter och det var väl inte så konstigt, när man tänker efter. Nu kände han ändå att det var dags att avslöja Stefano Stacci, vilket väl skulle skulle utmynna i en efterlysning och kanske även problem för honom och kanske för familjen. Det var nog ganska klart. Mötet avlöpte emellertid smidigare än han först trott. Hult, som definitivt inte var tappad bakom en vagn hade koll. Han satt och skrev ut en ansökan till Europol, om utlämning av Don/Stefano Stacci när Hansson knackade på. Han tittade upp och nickade. »Jo, som du förstår har jag redan listat ut vem som dumpade herr Guido Greco i ån. Jag var uppe med Alfredsson och tog några prover i en snödriva tidigare. Dna hittades inte bara i blodet i snön, utan också i en gul Fiat som stod felparkerad på Arlanda. Spår från både offer och gärningsman, så att säga. Herr Ek var vänlig och gav oss en adress i Frankrike där vi kunde hitta Ziia och då, antagligen även Herr Stefano Stacci, då de reste tillsammans. Allt enligt flygbolaget jag nyss var i kontakt med. Så du ser vad vi kan!« Han log belåtet och klappade Hansson på axeln. »Jag förstår om det känns lite obekvämt för dig, men å andra sidan kan du ju inte hjälpa att din dotter blev förälskad i en man som är son till en maffioso. Du är en bra polis Hansson och ingen skugga faller över dig, bara så du vet. Klockan har ju också kommit till rätt ägare nu, så det debaclet är historia så vitt det anbelangar mig. En tankeställare är heller aldrig fel att få, eller hur?« Hansson nickade omärkligt. »Vad det gäller rånet får vi fortsätta nysta i de trådar vi har. Åkte du upp igen och talade med personalen på pantbanken?« »Jo, men han mindes inget. En skriftanalys är påbörjad, men vet inte just om det ger något. Resultaten är ofta osäkra. Personen i fråga måste i alla fall ha lite humor med tanke på namnteckningen.« »Har du kollat namnet, Carl Barks? Prova att googla? Kan i alla fall vara värt ett försök.« Hansson nickade igen, nu mer bestämt. Hults telefon ringde. Personalen på pantbanken hade oväntat hittat en bild från en bevakningskamera man trott var ur funktion. Bilden visade en lång man i 70-årsåldern med ett plåster i pannan.

Leonardo och Lena hade varit och pratat med Hult som hade förklarat omständigheterna kring Don Stefanos görande och låtande i fråga om misshandeln uppe vid Näs. Leonardo var inte direkt överraskad över att hans pappa flytt till Frankrike med Ziia. Lena var mest ledsen för Leonardos skull men kunde ändå känna empati för Don Stefano och naturligtvis för Ziia. Hon hade förstått att kamratskapen mellan Don och Ziia kanske djupnat. Amor vincit omnia. Det var förvisso sant. Hon hade, särskilt på sista tiden, funderat mycket över sin relation med Leonardo. Där fanns ingen tvekan. Eller? Det som inte var så bra, var förstås att hennes pappa dabbat sig i sitt yrke. Det var olyckligt. Den förbannade klockans fel. Den som gapar efter mycket... Hon hade lagt den i en byrålåda nu. Hon tänkte inte sätta på sig den igen. Aldrig. Den var smittad av något dåligt. Så kände hon men ville inte prata med Leonardo om det. Lena visste att han skulle tycka att hon var fjompig eller skrockfull. Det var hon inte. Hon kom ihåg att hon inte ens ville ta emot den, när de träffades på andra daten på den där mysiga restaurangen i Palermo. Det var då hon blev förälskad. Hon önskade verkligen att hon inte tagit emot den. Nu var det för sent.

Guido Greco, alias Serpento, hade i nattens mörker lyckats passera gränsen till Frankrike. Gränsbevakningen på vissa sträckor var mer eller mindre obefintlig. Nu var hans mål att ta sig till Marseille, till en kontakt, om den nu fanns kvar där. Problemet var att han varken hade telefonnummer eller adress, bara ett namn. »Näsan«! Att han kallades så berodde på hans ovanligt tilltagna näsa. »Näsan« hade tidigare bott på Sicilien och Serpento och han hade gjort ett jobb tillsammans för flera år sedan. Jobbet hade varit lönsamt och slutat väl för alla utom målet för deras uppdrag. Efter det flyttade »Näsan« till Marseille, då han hade blivit okontant med någon av bossarna. Det handlade visst om ett parti heroin som kommit på avvägar. Enligt rykten skulle han vara bosatt i den Gamla hamnen och helt sadlat om sysselsättning, vilket var synd för han hade varit en tillgång på fler sätt. Han var smart, atletisk med en naturlig auktoritet. Skulle passat bra som boss faktiskt. Inte många heller, skulle ha en chans mot honom i ett regelrätt slagsmål. Serpento hoppades få hjälp att neutralisera Stefano, eller i alla fall uppbringa ett mindre lån för att fixa ett pass så att han kunde resa norrut. Efter att ha fått lift igen nådde han Marseille sent på eftermiddagen. Han var hungrig och trött. Axeln ömmade men kändes ändå bättre än tidigare, konstigt nog. Hans medicinska kunskaper inskränkte sig till att plåstra om sår därför brydde han sig inte om axeln. Han förträngde den helt enkelt. Den äldsta hamnen i Marseille, Vieux Port, dit han kommit hade ett tvetydigt rykte. Området kring gamla hamnen, med dess trånga och krokiga gator, ansågs vara ett perfekt tillhåll för kriminella element och utgjorde därmed ett hot mot nattliga ensamma turister. Serpento hyste ingen fruktan även om han på sätt och vis kände sig som en turist. Den första krogen han besökte gav honom ett fat pommes frites och ett glas rött för de sista mynten han ägde. Frågan nu, var hur han skulle klara natten? Han bestämde sig för att prata med servitören.

Det hände sällan att han fick besök av polisen och aldrig hade det väl varit tre stycken som i det här fallet. De närmade sig hans sneda grind och de såg väldigt beslutsamma ut. Han anade varför de kom men han hoppades han hade fel. Don var hur som helst inte hemma, han hade tagit gårdens enda fordon, en äldre traktor som användes både som transport och arbetsfordon. Han skulle ner till byn och handla. Don Stefano mötte poliserna i kurvan vid olivlunden. Om det var något han kände igen så var det ett polisfordon, även om det som i det här fallet var en civil bil. Tre män varav två i baksätet talade sitt tydliga språk. »Le flic», snuten. Det rådde inget tvivel om det. Han lämnade byn, inköpet och Ziia. Ja, allt lämnade han bakom sig. I en stånkande traktor skumpade han ut på landsvägen i riktning mot havet någonstans söderut. Det var ingen panikartad flykt. Faktum var att tankarna hade funnits där redan innan gendermerna kom. Han ville ha mer helt enkelt. Även om människorna här var vänliga och gästfria. En del mötte han på sin flykt och de vinkade glatt mot honom som vanligt. Det mest värdefulla i nuläget var kunskapen om geografin och då särskilt vägarna. Här gick inte alla vägar till Rom. Han hittade hyfsat bra i området. Traktorn var nytankad. Han skulle sannolikt komma dit han ville utan vidare kontakt med rättsväsendet. Men att köra traktorn gjorde honom mer synlig och han bestämde sig för att parkera den längre fram någonstans. Buss kändes som ett alternativ eller kanske tåg. Han ville synas så lite som möjligt på sin »sista resa». Sista? Varför tänkte han i de banorna. Han muttrade för sig själv och var nära att köra i diket. Sedan gjorde han något som han sällan brukade göra. Han sjöng för hög hals om »förlorad kärlek och ond bråd död«. Längre fram skymtade han en busshållplats där det stod några personer. Han tystnade och körde in på en sidväg, parkerade traktorn och begav sig till fots, mot busshållplatsen.

Det var en riktigt sorglig historia Hult fick lyssna på. Gabriel Ek som tidigare var ostraffad berättade allt. Han skulle hjälpa Ziia vars butik var på fallrepet. Han hade jobbat extra där många år och märkt att kundkretsen minskat avsevärt, särskilt de sista åren. Räkningarna växte på hög. Vad skulle hon göra? Här skymtade en tänkbar lösning, Det var hans ide'. Han hade drämt till sig själv i pannan med en väckarklocka. Skadan blev inte så stor men det blödde och det räckte. Han la sig på golvet och hon ringde polisen. » Ja, resten vet ni förstås. Det var mitt fel och ni ska inte belasta Ziia för det här. Hon är en bra kvinna.« Gabriel började snyfta och Hult tyckte plötsligt synd om honom. »Kan du ta om det här när jag spelar in det på band? Orkar du det? Du har förstås rätt till en advokat som närvarar?« Gabriel Ek svarade inte först. Han nickade bara. »Jo, visst,« sa han med svag röst. Hansson och Alfredsson hade kommit in i rummet men ingen av dem sa något under förhöret. Hult skrev ut det och la det på bordet. »Du kan skriva under här.« Han pekade mot den linjerade raden längst ner på sidan av arket. Nu är det klart och du kan gå hem. »Ska ni inte låsa in mig?« Gabriel tittade upp med blanka ögon. »Nej du kan gå, men res inte bort. Du får komma in hit imorgon och lämna in ditt pass. Har du någon hemma, eller?« »Det går bra, jag är alltid ensam hemma. Jag är van att klara mig själv.« Han reste sig upp och undvek att titta på någon när han lämnade rummet.

Stefanos buss var på väg söderut. Han hade fått ett croissant av en vänlig man som tycktes ha en stor matsäck. Lite rödvin i en solkig kopp fick han också. I gengäld lärde han mannen några användbara engelska fraser. Han undvek att prata italienska av naturliga skäl. När bussen nått sista hållplatsen gick han runt på terminalen för att se om han kunde distansera sig ytterligare från Provence. Han skulle få vänta i en timme, sen gick det en buss till Marseille som han bestämt sig för att ta. Kanske det fanns en möjlighet att ta sig därifrån till... Ja, var då? Hans turistvisum gällde Frankrike, så Italien var inte att tänka på. Korsika dök upp som en möjlighet och ju mer han tänkte på det, desto bättre lät det. Han kom från Palermo som är en ö, så varför inte fortsätta till en annan ö. På något sätt skulle det ordna sig. Det gjorde det alltid. Klockan var sen men bussen hade bättre komfort än den första. Han kunde slumra till i ett bekvämt säte. Lite färdkost fanns i en påse så allt kändes hyfsat bra. Då och då tänkte han på Ziia. Han visste inte riktigt om han saknade henne men anade i alla fall att de inte hade en framtid ihop. Ett enkelt hotell i gamla hamnen, hittade han med hjälp av mannen med croissanten, då denne utan Stefanos vetskap rest med samma buss, men valt en plats längst bak. Stefano satt längst fram för att ha lite koll på vägen och eventuella kontroller som han hoppades skulle utebli.

Axeln värkte och det sura rödvinet bättrade inte upp hans humör. När servitören äntligen gick förbi, lyckades han göra sig förstådd och förklara sin belägenhet men det utmynnade i tystnad. Han bestämde raskt att det var tid att lämna lokalen. Nerför gatan mot hamnen hade han sett en annan krog. »Bar de la Marine«. som hade en lapp i fönstret där det stog »plongeuse och något oläsbart som han inte förstod. Han fattade ändå att de kanske sökte personal. Han gick in och pratade med en bartender som med yviga rörelser förklarade att de saknade en diskare. Behovet var akut från bägge håll, så han fick börja omgående. Varför förstod han efter en blick in på sin nya arbetsplats. Han möttes av högar med tallrikar, karotter, ugnsfat, såssnipor kastruller och andra fettindränkta redskap. Det liknade kaos och axeln protesterade direkt när han lyfte en traktörpanna i koppar, modell större. Han svor på italienska så en av kockarna kom in och klappade honom på axeln. »Bon chance mon ami«! hans lycka till var inte elakt. Han hade en förstående min i sitt runda ansikte. Av samma kock blev han sju timmar senare anvisad en sängplats på vinden. Att han klarade sitt första pass var svårt att förstå men Serpento gick på rent hat, utan att för den skull förstöra någon av de sköra vinglasen som kom i hans händer. Hans hat växte för varje dag och ibland blev han orolig för sitt mentala tillstånd. Då slog han sig på axeln och grimaserade av smärta. Han var definitivt inte tokig. Allt var Don Stefanos fel. Snart skulle det bli räfst och rättarting. Han log sardoniskt vid diskbacken, föreställde sig en gruvlig hämnd, gnisslade tänder tills det gjorde ont i en av de sista kindmolarerna, som fanns kvar efter smällen han fått ta emot av Dons son. Den jäveln skulle också få. Naturligvis, naturligtvis. Han skrattade så att såret på axeln, återigen sprack upp och färgade axeln på skjortan röd.

Under tiden som gendermerna pratade med Salvatore gick Ziia runt, orolig och ledsen. Hon förstod att Stefano hade flytt och lämnat henne och brodern. Hon kunde inte klandra honom men det var ändå sorgligt. Salvatore begrep ingenting men sa aldrig att Stefano hade tagit traktorn. Han visste inte varför han sköt på den upplysningen men kände på något sätt att Don var en bra människa trots sina fel och brister. Det var först när gendermerna sa att han var efterlyst för dråp som han var tvungen att berätta att traktorn var borta och att Stefano kanske hade tagit den. Gendermerna tackade och var på väg att återvända till sin bil när de fick ett telefonsamtal. De avslutade samtalet och gick tillbaka till grinden där de pekade på Ziia och ropade att hon skulle komma. Hon suckade uppgivet och gick fram till männen som förklarade att hon var anhållen i sin frånvaro av polisen i Sverige. Då sträckte hon fram båda händera i en gest som om hon väntade att de skulle handklova henne. »Det där behövs inte, sätt dig i bilen.« »Får jag prata med min bror?« »Ja, du får en minut inte mer.« Salvatore kramade om sin syster och efter ett kort samtal återvände hon till gendermernas bil där hon satt sig på den enda lediga platsen i baksätet. Salvatore skakade långsamt på huvudet och återvände upp till huset. Det hon hade berättat för honom, kom som en chock. Hans lillasyster hade ställt till det för sig och han hoppades att det på något underligt sätt skulle ordna upp sig för henne ändå. Hans gäster hade försvunnit. Båda två var sökta av polisen. Han bestämde sig för att montera loss kofångaren på Bernards bil och ta den till smedjan. Han behövde något att hamra på, få ut sin frustration och aggression.

Ett ord taget från det antika Grekland. Hult tyckte det var riktigt passande med tanke på omständigheterna. Ziia, skulle återvända till Sverige. Rånet var uppklarat. Don Stefano var efterlyst och skulle sannolikt bli gripen inom en snar framtid. Krim hade skickat blommor och gratulerat. Ja, inte en bukett då men en bild av en blomma i ett mejl i alla fall. Hult var nöjd och hans medarbetare satt i fikarummet och åt tårta, inhandlad av honom själv, vilket hade förvånat. Poliserna, Hansson, Alfredsson och Mona kände sig uppskattade. De hade också dragit sitt strå till stacken. De var onekligen en bra dag på stationen. Dessutom hade Hansson lite nytt skvaller att delge sina kollegor. Han hade sett ett fax på Hults kontor, där en viss Guido Greco alias Serpento var efterlyst efter att ha avvikit under ett sjukhusbesök i Rom. »Han klättrade ut genom bakfönstret på en taxi efter en trafikolycka. Det känns inte bara som tur. Det var nog planerat«, tyckte Hansson och tog en ny tårtbit från det nästan tomma fatet. Alfredsson nickade och tog den sista biten som han delade i två. En la han upp på sin tallrik. Den andra sträckte han fram till Mona som nekade avvärjande. Han ryckte på axlarna, nickade och placerade den sista biten på sin tallrik. Lena och Leonardo kom också förbi och grattade. Ja, Leonardo var lite sammanbiten med tanke på pappan men han hade ju snart ett eget barn att tänka på. Det fanns helt enkelt inte tid att oroa sig för Don Stefano. Hansson själv var lite ledsen och samtidigt orolig. Ziia skulle bli åtalad. Det skulle bli rättegång. Skulle han bli inkallad som vittne? Ja, högst trolig. Han var ju först på plats med Mona. Klockan dök upp igen i hans huvud och det verkade omöjligt att bli kvitt den. Den hade i och för sig inget med rånet att göra men det var i alla fall olustigt. Han blev i alla fall inbjuden på middag till helgen och det gladde honom.

Hotellet hade sett bättre dagar men rummet var trevligt och ombonat. Frukost serverades kl 7. Det var den obligatoriska croissanten med cafe au lait. Han hade hittat hotellet av en slump på kvällen. Don hade först letat upp ett matställe, »Bar de la Marine,« som hade hygglig mat till acceptabla priser. Av servitören fick han tips på hotellet där han nu sträckte ut sig på den nersjunkna sängen. Vad gjorde det? Ingenting. Han var mätt och belåten. Lite sömn och imorgon skulle han leta upp en resebyrå som sålde biljetter till Korsika. Han hade inte noterat att en man med ögon svarta av ilska hade stirrat på honom under middagen. Näsan hade lämnat sitt gamla liv. Han var sökt av maffian efter en heroinaffär som gått snett. Då och då åt han middag på resturangen, »Bar de la Marine« och idag hade han för första gången noterat ett bekant ansikte. En som dessutom vågat bryta omerta. Det var en stor skam. Han stirrade elakt på Don under en lång tid. Don som var hungrig men fram för allt trött, noterade inte detta. När Don lämnade restaurangen följde Näsan efter honom på behörigt av stånd. Det blev en kort promenad. Don gick in på ett hotell och Näsan återvände till restaurangen. Han ville avsluta med en espresso och en grappa. Han blev sist kvar i lokalen och upptäckte ytterligare ett bekant ansikte just innan stängning. Serpento var klar med disken och kom fram till honom. Han drog ut en stol och satt sig mitt emot Näsan. De pratade en stund där Serpento förklarat att han letat länge efter honom. Näsan undrade varför? Jo, det var det frågan om ett lån och hjälp med ett pass. När Serpeno förklarade hur viktigt det var, skrattade Näsan. »Inte behöver du resa till Sverige för att hitta Don. Han finns på betydligt närmare håll. Hundra meter från oss ungefär.« Serpento trodde först att Näsan drev med honom . När han förstod hur det låg till började han gnissla tänder. Saliven rann i en tråd längs hakan. Han var uppfylld av hämnd och kunde knappt sitta still. Han torkade hakan med en servett och förklarade att han hade gjort ett jobb och det var därför han var i Marseille. Pengarna hade inte kommit in än. Därför kunde de va bra med ett lån så länge. Näsan undrade om han inte fick lön av restaurangen. »Pengarna dröjer, jag var tvingad att ta ett jobb i väntan på pengarna.« Näsan nickade. »På det viset,« sa han och nickade igen. Han trodde inte ett ord av vad Serpento sagt, om sitt nyss avslutade »jobb«. En ide fick han i alla fall, en ide som kunde klara upp gamla oförrätter.

Resan var ångerfylld. Vad skulle folk tänka om henne. Hon bävade för att komma tillbaka hem. Hem förresten, hon skulle till ett häkte för kriminella. Inte hem. När skulle hon få se sitt hem igen? Hur många år skulle det ta? Ziias tankar var inte av det angenäma slaget när planet gick in för landning. När hon passerat tullen mötte polisen upp. Det var den trevliga konstapeln som köpt ett etui till sin dotters klocka. Det skulle visst bli en present. En Rolex var det visst. Klockornas Rolls Royce. Hur nu en polis hade råd med sådana extravaganser? Han presenterade sig som kriminalassistent Hansson och bad henne följa med till bilen som väntade. Hon visste inte om han kände igen henne, åtminstone sa han inget och det var hon i alla fall tacksam för. Hansson själv var lika glad för det. Han hade annat att tänka på. Rättegången till exempel, där han antagligen skulle bli inkallad som vittne. Han undrade om den förbannade klockan skulle komma på tal. Han hoppades inte. Det var med andra ord ett ångerfyllt sällskap som färdades i polisbilen mot hemorten.

Don var visserligen trött, men när han vandrade mot hotellet efter middagen fick han känslan av att vara förföljd. Han stannade till och tittade i ett skyltfönster. Någon på andra sidan gatan stannade också. Knöt sina skor. Nu visste han. Väl uppe på rummet packade han resväskan, gick ner till portiern och betalade notan. Efter vissa förberedelser lämnade han hotellrummet, kontrollerade att gatan var tom och försvann mot hamnen och ett annat hotell.

Serpento och Näsan gjorde sällskap. Näsan som tidigare på kvällen hade kollat vilket rum Don hade, skulle vänta på gatan medan Serpento gjorde jobbet. Han tog trappan upp på andra våningen och hittade rum 13. Han stannade en stund utanför och skruvade fast ljuddämparen på Berettan han fått till låns av Näsan. På dörren hängde skylten »var god stör inte« och Serpento började gnissla tänder, fick ta sig samman för att sluta. Han tyckte ljudet ekade i den tomma korridoren. Underligt nog visade det sig att dörren inte var låst. Han borde anat oråd men var så uppfylld av hämnd, att han var blind. I sängen låg han. Serpento tog några snabba steg och avlossade, först ett, sedan tre skott till i kroppen. Poff, poff, poff. Han ryckte bort täcket och hittade några perforerade kuddar och ett ihopknölat överkast. Det var allt. Han skrekt till, svor och förbannade allt och alla. Han ilade förbi den tomma receptionen ut på gatan där Näsan väntade. Innan Serpent hann säga något, brann två skott av. Serpento tittade häpet på Näsan som höll i en revolver där röken från mynningen långsamt skingrades i vinden. Några timmar senare gick Don ombord på fartyget som skulle avgå till Ajaccio på Korsika. Han visslade muntert när han gick över landgången.